君がひとりで泣いた夜を、僕は全部抱きしめる。

ユニモン

STARTS
スターツ出版株式会社

僕の世界は、澱(よど)んで、濁(にご)っている
どんなにもがいても、この手は君に届かない
だから僕は、君のために影(かげ)になる
光となり風となる
僕が涙を流すのは、君のためだけ
僕のすべては、君のためだけ
深い海の底に沈(しず)んだこの世界で、僕は今日も君だけを想(おも)う

目次

君がひとりで泣いた夜を、僕は全部抱きしめる。

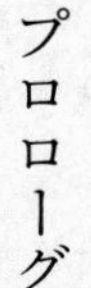

プロローグ

ふいに閃いた、とりとめのない遊びがあった。

ルールは簡単。

相手のためにできることを、順番に、ひたすら言い合いっこすればいい。


君のために、歌を歌う。

君のために、空を飛ぶ。

君のために、夢を語る。


ただ、それの繰り返し。

本当にできることでも、そうでなくてもいい。

今にして思い返せば、何がおもしろかったのかさっぱりわからない。

だけどまだ子供だった私は、そのとき、その他愛ない遊びに夢中だった。


学校帰りによく友達とした、白線の上を踏んで歩かないといけないゲームや、「あ」とか「い」とか、特定の文字を言ったらアウトになるゲームに似ている。

思いついただけの、その場しのぎの暇つぶし。

ふんわりとした記憶だけが残って、思い出すことすらない。

少なくとも、私はそうだった。

その他愛ない遊びがもたらした、ひたむきな想いと深い悲しみに気づくことなく。

私は自分のことだけに精一杯で、それからの日々を過ごしていたんだ。

第一章

卯月曇

高校二年の、ゴールデンウィーク明け。

四月はまだなんとなくだったクラスの人間関係も、その頃には、とりあえず定着しつつあった。

よくある県立高校の、なんの変哲もない普通クラスの昼休憩。

その日も私は、二年になってから一緒にいる美織と杏とで、ひとつの机を囲んでいた。

水色のナプキンを広げてお弁当箱の蓋を開ければ、杏が大きな声を出す。

「真菜のお弁当、おいしそう！」

「ありがとう」

ネギを入れた卵焼き、昨日の肉じゃが、アスパラのベーコン巻き、あとは隙間にミニトマトとレタスを詰め込んだお弁当。

もうひとつの段には、じゃことワカメを混ぜたおにぎりが入っている。

「真菜のお母さんって、料理好きだよね。うちのお母さんなんか、冷凍食品ばっかり」

杏が、自分のお弁当に入っていた磯部揚げを箸で挟みながら言う。

「うちのお母さんも、あまり料理しないよ。これ、自分で作ってるの」

「嘘っ⁉」

　ふたりの声が重なった。

「マジで⁉　私なんか、ご飯の炊き方も知らないよ」

「ええっ！　杏、それはさすがにヤバくない？」

　間髪いれずに飛んでくる、杏と美織の声。

「なんで、なんで？　いつから作ってるの？」

「高校から。中学は給食だったから」

「すごいねー。偉いね、真菜」

　うちは、母子家庭だ。

　朝早くから夜遅くまで働いているお母さんの代わりに、家事は私がほとんどこなしている。

　次は、たぶん私がしゃべる番。

　だけど、これ以上話を広げられたくなくて、私は曖昧に笑った。

　中二のとき、母子家庭だということを友達に知られ、見えない線を引かれたことがある。

保護者の名前欄にお母さんの名前しか書いていないプリントを、何気なく見られたのがきっかけだった。

『あれ？　お父さんは？』

『うち、お父さんいないんだ』

母子家庭なんてめずらしくないだろうと思っていたから、そのとき私は、深く考えずにそう答えた。

『ふうん、そうなんだ』

その子の返事もあっさりしたもので、お父さんが亡くなったときの思い出にわずかに胸が軋んだものの、そこまで気に留めていなかった。

だけど、まわりの態度は、それ以来あからさまに変わった。

『なんの話してるの？』

『あー、なんでもない』

同じグループの女の子たちが机を囲んで盛り上がっているとき、声をかけたら、一斉に気まずそうに散っていったのが最初の出来事だ。

それから、移動教室のとき、私だけがひとり取り残されるようになった。

休み時間のたびに私の机に遊びに来ていた仲良しの友達も、ぱったり来なくなった。

そして気づけば、私のまわりには誰もいなくなっていた。

『真菜ちゃんって、お父さんいないんだって』

『えー、かわいそう。きっと貧乏だよ。家もアパートだし』

ヒソヒソと囁かれるそんな声を耳にしたとき、息が詰まりそうになったのを覚えている。

お父さんがいないことは、人に言うべきではなかったんだと思い知らされた。

みんなの家庭とは違うから。

自分たちと違うものを、人は遠ざけ、ひとりぼっちにしてしまう。

――普通じゃないことは、いけないことなんだ。

その経験は、私の胸に大きな傷を残した。

だから怖いのだ。

普通ではない家庭環境を、知られるのが。

ありのままの自分を晒すのが。


私がいつものように、それきり黙ってしまったせいか、美織と杏との間の空気が重くなる。

すると、気まずい雰囲気を蹴散らすように、杏が話題を変えた。

「見て、ほら。小瀬川くん、まだ寝てる。ご飯食べないのかな」

杏の声につられるように、私もそちらに目を向ける。

私たちのいる場所の、斜め後ろ。

窓際の席で、男子生徒がひとり、机に突っ伏している。

他の生徒はみんな、お弁当やパンを食べているから、寝ている彼は明らかに浮いていた。

窓から入り込んだ風が、彼のモカ色の髪をふわりと揺らしている。

そうか、彼は小瀬川というのか。

新学年になって一ヶ月が過ぎながら、いまだクラスメイトの名前を覚えていなかったことに、私は少しだけ焦りを覚えた。

「小瀬川くん……」

つい小声で呟くと、隣で杏がクスリと笑う。

「真菜、小瀬川くんの名前、まだ覚えてなかったんでしょ?」

「えっ」

思っていたことを言い当てられ、ドキリとした。

小瀬川くんはすぐそこで寝てるのに、聞かれたら失礼すぎる。

「小瀬川桜人くんだよ。桜に人って書いて、はるとって読むみたい」

「桜に人……」

きれいな名前。

桜がいっせいに咲き誇る、あたたかな春の日に生まれたのだろうか。

そう思ったとき、ガタン、と大きな音がした。

寝ていたはずの小瀬川くんが、立ち上がったのだ。

今の今まで寝ていたのが嘘のように、彼がしっかりと私たちに顔を向けた。

アーモンド形の瞳に、筋の通った鼻、男子にしては色白の肌。

体つきはスラリとしていて、たぶんクラスで一番背が高い。

――あ、目が合った。

というより、睨まれた。

小瀬川くんはすぐに私から目を逸らすと、席から離れ、教室を出ていってしまう。

彼のいなくなった机の向こうでは、真昼の光に包まれた新緑の植え込みが、サワサワとまるで噂話でもするようにざわめいていた。

「うわ。真菜、今睨まれなかった？」

杏の声に、私はどうにか頷いた。

「睨まれた……気がする」

「真菜が、まだ名前覚えてないみたいなこと言ったからじゃない？　普通さ、この時期ならさすがに覚えてるじゃん」

美織が、呆(あき)れたような口調で言った。

「それにしても、小瀬川くんって、ちょっと雰囲気怖いよね」

「うん。それに、とっつきにくいしね。男子の誰ともつるんでないみたい」

「でも、見た感じはかっこいいんだよね～」

「そうそう、もったいない」

心底残念そうに、言葉を交わす美織と杏。

それからすぐにふたりは小瀬川くんのことは忘れたようで、昨日ＳＮＳ(エスエヌエス)でやりとりしていたらしい話題について話し始めた。

とたんにふたり独特(どくとく)の空気ができあがり、私は疎外(そがい)されてしまう。

黒髪ロングの美織は、はっきりした顔立ちの美人で、スタイル抜群だ。

バスケ部に入っていて、一年の頃から、学年でも目立っている。

気が強くて、思ったことをきちんと口に出して言うタイプ。

杏は、茶色のふんわりボブで、よく笑う明るい女の子だ。

友達がたくさんいて、いつもＳＮＳの返事に忙しそう。

おしゃべりが大好きで、誰とでも打ち解けるから、美織と同じく目立っている。

去年も同じクラスだったふたりは、そもそも仲が良かった。

そこに、たまたま杏の後ろの席だった私が加わることになって、なんとなく一緒にいるようになった。

だけど私は、しょっちゅうふたりの会話に入れないでいる。

三人でいても、話すのは美織と杏ばかりで、ひとり黙って聞いていることが多い。

移動教室のときも、ふたりの後ろをとぼとぼ歩いてついていくような、そんな感じ。

原因は、わかってる。私が、あまり自分のことを話さないから。

ふとしたことで、自分の家庭環境がバレてしまうのが怖いのだ。

私はもう、中二のときと同じ過ちを繰り返したくはない。

一方で、ふたりから離れる勇気もなかった。

クラスの女子のグループ分けはもう決まっていて、ふたりと一緒にいられなくなったら、ひとりになってしまう。

ひとりは怖い。学校でひとりでいることは、普通じゃないからだ。

せめて学校では、私は普通でいたいと願っている。


放課後。

部活に入っていない私は、いつものようにすぐに学校を出ると、バスに乗った。

私の家から学校までは、バスで四十分くらいかかる。

しかも今日は、家の最寄りのバス停で降りず、そのまま乗車して行かなければいけないところがあった。

片道二車線の大通りに面したバス停で、ようやく下車する。

スーパーや青果店が並ぶ道の向かいに、大型の駐車場を備えた何棟かのビルが建っていた。

K大付属病院。

私にとっては、馴染み深い場所だ。

六年前にお父さんが亡くなり、そして、今は弟が入院しているから。

入院棟の二階にある大部屋の一室。

【水田光】という名前を入り口のプレートで確認してから、なるべく音を立てないように足を踏み入れた。

各々のベッドがある場所にはきっちりとカーテンが引かれ、そこかしこでコソコソと声がしている。

ときどき聞こえる、声を潜めたような笑い声。

弟の光がいるのは、一番窓側のベッドだ。

カーテンの端から、そうっと顔をのぞかせる。

光は、布団もかけず、ベッドの上で大の字になっていた。

眠っているわけではなく、かといって何をするでもなく、ただ宙を眺めている。

窓から降り注ぐ夕日が、まだあどけない小学五年生の光の空虚な顔を照らしていた。栗色の髪も、大きくも小さくもない目も、見るたびに自分に似ていると思う。

「光」

声をかけると、光がちらりとこちらに視線を向けた。

「洗濯物、替えに来たよ。調子はどう？」

「ふつう」

「ゲームはしないの？　持ってきてるんでしょ？」

「しない」

「何か欲しいものある？　次に来たとき、持ってくるから」

「別にない」

何を言っても手ごたえのない光の返事を聞きながら、私はベッドサイドにある備えつけの棚から、パジャマやタオルが乱雑に入れられた洗濯物の袋を取り出した。

普段はわりと愛想のいい子だけど、今はにこりともしない。

この大部屋にいるのは、光と同じくらいか、もう少し幼い子供ばかり。

みんな、お母さんが四六時中つき添ってくれるのに、うちはなかなか来られない。

だから、拗ねているのだろう。

前にもこんなことがあったから、光の気持ちはよくわかった。

だけど、女手ひとつで私と光を養っているお母さんは、忙しくてあまり病院に来られない。

それに、六歳も離れているとはいえ、姉の私では、お母さんの代わりは果たせない。

お母さんではなく私が来るたびに、光は不機嫌になった。

「二週間もすれば退院できるって、先生言ってたから。あとちょっと、がんばろうね」

光が、非難の目で私を見る。

「二週間って、けっこう長いよ？　二週間もしたら、クラスのみんな仲良くなってるし。クラス替えしたばっかりだから、僕だけ浮くに決まってるじゃん」

ふてくされたように言うと、光は寝返りを打ってベッドに突っ伏した。

「光なら、きっとうまくやれるよ。私と違って、友達づき合い上手だし」

「……すげえ他人事」

光はそれきり、何も言わなくなった。

重症喘息。

それが、光の疾患名だ。

喘息持ちでも、最近は服薬や気をつけて日常生活を送ることで、コントロールできる人が増えている。だけどごくまれに、自分に合ったコントロール方法を見つけられず、入退院を繰り返す人がいる。

光の喘息が悪化したのは、二年ほど前からだった。

夜中に咳が止まらなくなって苦しがっていたり、通学途中に呼吸困難になって立っていられなくなったり。

ときには、つねに持っている吸入薬ですら症状を抑えられなくなって、そのたびに入院していた。

一年に、二、三回。

繰り返す入退院は、まだ小学生の光の心にダメージを与えるには充分だった。

次に発作が来るのはいつだろう。

今度こそ、息ができなくなって死んでしまったらどうしよう。

光はいつも、そんな不安と闘っている。

そのせいか、入院したときは、たいていわがままになる。

きっと、不安を打ち消すような、甘えられる存在が欲しいのだろう。

だけど、うちの家族では、そんな光の望みを叶えてやれない。

結局、光はそれから何ひとつ話してくれなくなり、私は「また来るからね」とため息まじりに言い残して、病室を去ることにした。

ナースステーションで挨拶を済ませ、エレベーターで階下に降りる。

屋外に出れば、病院に入る前はオレンジ色だった空が、青みがかっていた。

駐車場のロータリーに沿うように歩く。

五月だというのにほんのり冷たい風が、私の肩にかかる髪をさらりと揺らした。

ここを通るたびに、あの日のことを思い出す。

お父さんが、亡くなった日。

同じ景色の中を、まだ幼かった光の手を引いて、とぼとぼ歩いたっけ。

あのときの空っぽな気持ちと、胸の奥にズドンと沈んだ悲しみを、今でも昨日のことのように思い出せる。

辛い思い出を振り払うように下を向き、車道脇の歩道に出る。

お父さんが早くに亡くなり、弟は病気がち。

お母さんは働きづめで、私は家事と弟の世話で手いっぱい。

こんな家庭、普通じゃない。

私は、普通でいたかった。

お母さんにお弁当を作ってもらって、家では弟とケンカをして、それをお父さんが穏やかにいさめて。

毎日部活をがんばって、自分の家のことも、包み隠さず友達に話せるような環境にいたかった。

苦い気持ちが胸にあふれるのを感じたとき、目前にある店舗の看板に、パッと明かりが灯る。

デニスカフェ。

アメリカ発の全国チェーンのカフェで、病院のそばに、ちょうど一年前にオープンした。オレンジ色の看板と、ダークブラウンを基調とした落ちついた外観が、特徴的なお店だ。

行ったことはないけど、入り口に貼られたおいしそうなタルトのポスターや、店内から漂うコーヒーの香りに、以前から惹かれてはいる。

もう、看板に明かりを灯すような時間なんだ。早く帰らなきゃ。

そう思いながら何気なくガラス張りの店内に目をやった私は、「あれ?」と声を上げた。

見覚えのある顔が、窓際に面したテーブルをせっせと拭いていたからだ。

柔らかそうなモカ色の髪に、アーモンド形の瞳、スラリと高い背丈。

今日彼の名前を覚えたばかりだから、記憶に新しい。

「小瀬川くん……?」

顔は、そっくりだった。

だけど自信を持てなかったのは、グレーストライプのシャツに、ロング丈の黒エプロンを身につけた彼が、学校にいるときよりずっと大人びて見えたから。

お客さんと、気さくな笑顔で話している様子にも違和感があった。

とっつきにくい小瀬川くんのイメージには、重ならないからだ。

しばらくじっと見ていると、不意打ちで、彼がこちらに顔を向けた。

瞬間、彼は目を見開き、それから凄むような顔をした。

それは、今日の昼休みに見た表情にそっくりで、確信してしまう。

──やっぱり小瀬川くんだ。

小瀬川くんはすぐに私から視線を逸らすと、店の奥に消えていった。

小瀬川くん、バイトしてるんだ。

たしかうちの高校、バイト禁止のはず。

校則を破ってバイトしている人なんて、きっと他にもいるけど、思いがけずクラスメイトの秘密を知ってしまってドキドキした。

明日、どういう顔で会ったらいいんだろう？

『バイトしてるでしょ？』って、ストレートに聞いたほうがいいのかな？

でも、話したこともないのに変じゃないかな？

そんなことをぐるぐると考えるうちに、だんだんどうでもいいことのような気がしてきた。

私は口下手で、小瀬川くんは無愛想。

同じクラスとはいえ、小瀬川くんとは、この先も深く関わることはないだろう。

だから、何も見なかったことにしよう。気づかなかったふりをしよう。

そう考えをまとめると、私は群青色の空の下に佇むバス停で足を止めた。


翌日。

思ったとおり、小瀬川くんは、私のことなんてどうでもよさそうだった。

机に突っ伏していたり、だるそうにあくびをしていたり。

そもそも、バイト中に私を見かけたことすら、覚えていないのかもしれない。

「小瀬川。これ、解いてみろ」

三時間目の数学の授業中。小瀬川くんが、当てられた。

昨日たまたま見かけたせいか、彼のことが気になってしまう。

小瀬川くんはノートの上に伏せていたから、たぶんまた寝ていたのだろう。

というより、寝ていたから、当てられたんだと思う。

ぺったりとしたバーコード頭のその先生は、寝ていたり聞いていなかったりする生徒を、わざと当てるのが好きなのだ。

「うわ、かわいそう……」

誰かのヒソヒソ声がした。

机から顔を上げた小瀬川くんは、寝ぼけ眼で立ち上がると、黒板に向かう。

背が高いせいか、妙な存在感のある彼の歩き姿を、教室中のみんなが固唾をのんで見守っていた。

小瀬川くんは、黒板の前に立つと、モカ色の頭をガシガシかきながら方程式の応用問題を見つめる。

そして、おもむろにチョークを手に取った。

チョークが黒板に数式を刻む小気味よい音が、教室内に響き渡る。

流麗で、どちらかというと女子が書きそうな、きれいな字だった。

「……正解。戻っていい」

小瀬川くんが間違えるのを、期待していたのだろう。

難なく解かれてしまったことに、先生が不満そうな声を出す。

「すげえ、かっこいい」

「天才じゃん」

称賛の声がヒソヒソと飛び交う中、小瀬川くんは気だるげに自分の席に戻っていく。

すごい人だと思った。バイトしてても、ちゃんと勉強してるんだ。

家のことと勉強で手いっぱいの私とは、大違い。

何事もなかったかのようにまた寝る体勢に入っている小瀬川くんに、少しだけジェラシーを感じた。


その日の放課後のことだった。

「水田。お前、部活に入らないか？」

職員室に私を呼び出したクラス担任の増村先生から、そんな話を持ちかけられる。

「部活、ですか？」

突飛すぎて、頭が追いつかない。

増村先生は、古文が専攻の、三十代半ばの男の先生だ。

ガタイがよくていつもジャージの上下を着ているから、よく体育教師に間違えられる。

先生というより年上の友達みたいなノリで、生徒から人気があるけど、その親しみやすさが逆に私は苦手だった。

「でも……」

忙しいお母さんの代わりに、私は家事をしないといけない。

それに光の面倒をみないといけないから、部活に入る余裕なんてない。

「わかってるよ。家、大変なんだろ?」

担任の彼は、うちが母子家庭だということを、もちろん知っているようだ。弟が入退院を繰り返していることも、おそらくお母さんから聞いているだろう。

「……そうなんです」

「だけどな、水田。部活は青春の一ページだ。絶対にやったほうがいい」

使い古されたようなセリフ。

大人目線でものを言われると、うんざりしてしまって、「はあ」としか返せなくなる。

「だから、文芸部に入れ」

「……へ? 文芸部、ですか?」

「俺が顧問だから、融通が利く。家のことがあるだろうから、無理して来なくてもいい。現に、ユーレイ部員もいるしな。だけど、一週間に一回は顔を見せろ。それだけでいいから」

「はあ……」

気のない返事をする私に構わず、増村先生はニッと白い歯を見せて笑った。

「三年が大勢卒業して、ちょうど部員不足で困ってたんだ。このままだと同好会ってことで予算が削られて、毎年恒例の文集が刷れなくなるかもしれない。正直、水田が入ってくれたら助かる。とりあえず、見学だけでもしてくれないか?」

結局断りきれず、私はその足で、文芸部の見学に行くことになった。

「文芸部か……」

高校で部活なんて、入ろうとすら思ったことがない。

中学の頃はテニス部に入ってみたけど、思うように参加できず、ラケットを買う前にやめてしまった。

それに、文芸なんてますます興味がない。

読書すらほとんどしないのに、場違いもいいところだ。

どう切り抜けようかと考えながら、しぶしぶ、部室の集まる旧校舎の三階に向かう。

さんざん迷ったあげく、ようやく廊下の突き当たり、非常階段に通ずるドアの隣に、【文芸部】と書かれたドアを見つけた。

見るからにボロボロで、よく見なければ、物置きと思って素通り(すどお)していただろう。

ドアの向こうはシーンとしていて、人の気配(けはい)がない。

不安に思いつつ、コンコンとノックした。

間もなくして「はい」と声が返ってくる。

「二年の水田です。増村先生に言われて、見学に来ました」

緊張(きんちょう)しながらドア越しに声をかけると、「入ってください」と同じ声がした。

「失礼します……」

そこは、驚くほど狭い部屋だった。

広さはおよそ六畳程度だけど、壁の二面がぎっしり書架で埋まっているから、より窮屈に感じる。

真ん中には長テーブルが置かれていて、奥のパイプイスに女子生徒が座り、本に目を落としていた。

三つ編みに眼鏡の、いかにも文学少女、といった雰囲気の人。

書架の手前では、男子生徒がひとり、体育座りで本を読んでいる。

くるくるした黒髪が特徴的な、童顔の男の子だ。

文学少女が、顔を上げて私を見た。

「増村先生から話は聞いています。部長の川島です。彼は、一年の田辺くんです」

田辺くんと呼ばれた彼が、おずおずと頭を下げてきたので、私も慌てて頭を下げ返す。

「取り立てて説明するようなこともないので、好きに見学してください」

「あ、はい……」

サクサクと話を進めると、川島部長は再び本に没頭し始めた。

田辺くんも、背表紙に英語のタイトルが書かれた、なんだか難しそうな本に集中している。

ふたりとも、こちらのことには我関せず、といった具合だ。

ていうか、好きに見学してと言われても、こんな状況ではぼうっと立つ以外何もできない。

「あの……」

「何か？」

ためらいながらも声をかけると、川島部長が顔を上げて眼鏡のレンズを光らせた。

「部員は、これだけですか……？」

「あとふたりいます。今日は来てないですけど」

「全部で四人ってことですか……？」

「そうです」

増村先生の話から予想はついていたけど、思った以上の少なさだ。

それきり川島部長との会話は途切れ、部屋はまた静寂に包まれた。

彼らが本のページを捲る音が、ときどきパラリと響くだけ。

私は仕方なく書架に近づき、本を物色することにした。

日本文学全集や、イギリス文学全集など、図書館でしか見かけないような分厚い本がたくさん並んでいる。

古い本と埃の混ざった独特の香りが、部屋中に満ちていた。

グラウンドから聞こえる、野球部のかけ声。

音楽室から響く、吹奏楽部のパート別練習の音。

半開きの窓からそよぐ風が、静かな部室に放課後の音色を運んでくる。

慣れない雰囲気に居心地の悪さを感じて、次第に私は、ソワソワと落ちつかなくなった。

読書好きでもない私が、こんなところにいていいわけがない。

見学を切り上げるタイミングを密かに見計らっていると、ふと声がした。

「……よかったら」

いつの間にかそばにいた田辺くんが、おどおどしながら、冊子のようなものを私に差し出している。

「……昨年度の文集です。入部を決める際の参考になるかと……」

「あ、ありがとう」

文集を手渡すと、田辺くんはすぐに恥ずかしそうに顔を伏せ、もといた場所に戻っていった。

きっと、人見知りなのだろう。

少しだけ、親近感が芽生える。

薄紫色の表紙には、去年の年号、そして【県立T高校　文芸部文集】と書かれていた。

「文集は、毎年文化祭に合わせて制作しています。文集の作成が、文芸部の一番目立った活動といったところでしょうか」

川島部長が、思い出したように説明してくれた。

気乗りしないものの「そうなんですね」と答えて、とりあえずパラパラとページを捲ってみる。

一センチ程度の厚さの文集には、部員たちが、思い思いに文字を綴っていた。

増村先生が言っていたように、去年は三年生がたくさんいたようだ。

この静かな部室も、今よりは活気づいていたのだろう。

短編小説、エッセイ、随筆、詩。

好きなように、書きたいように。そこには、さまざまな個性が輝いていた。

後ろのほうのページで、昨年二年生だった、川島部長の名前を見つける。

難しそうなミステリーの短編が、他の部員たちの倍はあるのではないかという文章量で、ぎっしり書き連ねられていた。

今日会ったばかりでよくは知らないけど、我が道を貫く感じが彼女らしいなと感じた。

最後は、詩だった。

他の作品とは違い、その詩だけ、なぜかタイトルも書いた人の名前もない。
それに、その部員の枠だけすごく狭い。
だけど、詩独特の空白のせいか、それは驚くほどすんなり私の目に入ってきた。

僕の世界は、澱んで、濁っている
どんなにもがいても、この手は君に届かない
だから僕は、君のために影になる
光となり風となる
僕が涙を流すのは、君のためだけ
僕のすべては、君のためだけ
深い海の底に沈んだこの世界で、僕は今日も君だけを想う

そこには、苦しいほどの〝君〟に対する想いが綴ってあった。
グラウンドでノックに励む、野球部の声。
吹奏楽部が奏でる、壮大な音色。
川島部長と田辺くんが、本のページを捲る音。
読んだ瞬間、そんなすべてが音を失った。

詩の勉強なんてしたことがないから、この詩がうまいかどうかなんてわからない。

わからないけど、たぶんそんなことはどうでもいいのだと思う。

わずか七行の、他のどの作品よりも短いその詩からにじみ出る何かが、今まで感じたことがないほど、私の心をざわつかせた。

――悲しくて、あたたかい。

そんな感情が込み上げ、たまらなく泣きたくなっていた。

「で、どうします？　入部しますか？」

声が聞こえ、詩の世界から現実に引き戻される。

眼鏡の中央をクイッと上げて、川島部長がこちらを見ていた。

「あ、ええと……」

名もなき詩の一文一文が、いまだ胸に熱く残っていて、心臓がドクドクと大きく鼓動を打っていた。

用意していたはずの答えが、すうっと喉の奥に消えていく。

気づけば私は、当然のように、こう答えていた。

「……はい。入部します」

美織と杏との関係が目に見えて変わってきたのは、ユーレイ部員になること前提で文芸部に入部した、翌日頃からだった。

「杏！　体育館、早く行こ！」

廊下から、美織の呼び声がする。

体操服に着替え終わった杏が、「ごめん、おまたせ～」と美織のもとへ駆けていった。

「そういえばさ、次のクラスマッチ、何にする？　美織ってバスケ部だからバスケは出ちゃダメなんでしょ？」

「そうなの。だから、バレーにしようって思ってるんだ。杏は？」

「私もバレー！　一緒にがんばろっ！」

ふたりの楽しそうな声が、廊下の向こうへと遠ざかっていく。

ザワザワとした教室で、私はひとり、黙々と体操服に着替えていた。

胸の奥が、ズドンと重い。

体育館に誰かと行こうが、ひとりで行こうが、大した問題じゃないことはわかっている。

だけど私は、ひとりだけこの世界からはみ出てしまったような、深い孤独を感じていた。

別に、ケンカをしたわけじゃない。

ただ、ふたりと波長が合わないだけ。

そのことに、前からふたりとも勘づいていて、少しずつ行動に移した。

一緒にいて楽しい人のそばにいたいのは、当たり前のことだから。

今となっては、休み時間も、移動のときも、私に声がかかることはほとんどない。

それでも、お弁当だけは、まだ三人で一緒に食べていた。

私だけ明らかに輪に入れてないけど、まるで決まりのように、美織と杏は私と机を囲む。

お弁当の時間だけはギリギリ繋がっている状況に、私はホッとすると同時に、耐えがたいほどの息苦しさを感じていた。

「それでさ、そのときの写メがあるんだけど」

「何なに？　見せて見せて。あははっ、めちゃくちゃおもしろい！」

「でしょでしょ！」

お弁当を食べながら、いつものように、はしゃいでいる美織と杏。

ふたりが作る空気に入れない私は、今日もひとり黙々とお弁当を口に運ぶ。

入りたい。けど、入れない。

中学のときの苦い思い出が、また私に歯止めをかける。

ふたりの笑い声が、まわりの楽しそうな声が、どんどん私を追い詰めていく。

同じ机にいるのに、まるで見えない壁が私たちを隔てているみたい。

楽しそうな美織と杏の隣で黙ってお弁当を口に運ぶ時間は、地獄のようだった。

きっと、私はもう、ふたりと一緒にお弁当を食べないほうがいい。

だけど、自分から出ていく勇気がない。

ひとりになるのが怖いのだ。

お弁当は、友達と食べるのが普通だから。

とくに女子は、みんなと一緒にいるのが当たり前だから、ひとりでいると目立ってしまう。

私は、しがみついてでも、普通の存在でいたいんだ……。

いじめられているわけではない。

ひどいことを言われたわけでもない。

ただ、ふたりの仲に入れないだけ。

それだけだ。こんなこと、大したことじゃない。

世の中、もっと深刻な悩みを抱えている人は山ほどいる。

大丈夫、大丈夫だと、暗示のように自分へ言い聞かせた。

だけど日に日に食欲がなくなって、何をしても楽しいと思わなくなった。

テレビを見ても、中身のない、空っぽな何かに見えるだけ。

学校に行く時間になると、鉛を沈めたみたいに胸が重くなって、吐き気すらした。

わかってる。自分が変わればいいんだ。

明るく演じて、美織と杏に好かれるような人間になればいい。

だけど、どうしてもできなくて、無能な自分を繰り返し責め立てた。

悪いのは、全部自分なんだ……。


「どうしたの？　大丈夫？」

ある朝。

洗面台にうつむいて吐き気に堪えていると、お母さんに声をかけられた。

お母さんが近くにいるとは思っていなかったから、ギクッとしてしまう。

悩んでいるところを悟られまいと気をつけていたけど、うっかりしていた。

女手ひとつで家族を支えているお母さんは、気苦労が絶えないのだから、こんなことで困らせてはいけない。

「……別に。落ちた髪の毛、取ろうとしただけ」

「でも、顔色が悪いけど。熱でもあるのかしら？」

そう言うと、お母さんは私のおでこに手を当てた。

「うーん。熱くはないわね」

「生理前だから、そう見えるんじゃない？　とにかく大丈夫だから」

お母さんの手のぬくもりに少し泣きそうになったけど、どうにか誤魔化す。

にっこりと笑みを作れば、お母さんは「ならいいけど」とようやく納得してくれた。

「今日もお仕事遅くなるから、光のことお願いね。あさって退院だから、もう使いそうにない荷物、持って帰ってほしいの」

「わかった。ちゃんとやっとくから、心配しないで」

「ありがとう、いつも助かるわ」

お母さんの和やかな笑顔を見て、うまく取り繕えたことにホッと胸を撫で下ろした。

「あら、もうこんな時間！　行ってくるから、戸締まりお願いね」

「はーい」

陽気に答え、笑顔でひらひらと手を振る。

2LDKの我が家は狭く、各部屋が引き戸で仕切られているだけの造りなので、洗面所から顔を出せば玄関が見える。

グレーのパンツスーツの背中が、玄関扉の向こうに消えていくのを見送った。

お母さんは、ハウスメーカーで働いている。

そのうえ仕事が終わったあと、毎日のようにコンビニでパートをしていた。

外側からガチャガチャと鍵をかける音がしたあとで、私は貼りつけていた笑みをスッと消す。

本当は、胸が重い。体がだるい。

でも、これは病気なんかじゃない。

――だから、学校に行かなくちゃ。


いつもと同じ毎日が過ぎていく。

美織と杏の笑い声が耳から離れなくて、私を苦しめる。

楽しそうなふたりの声を聞いているだけで、食事が喉を通らない。

ひとりぼっちの着替え、ひとりぼっちの理科室移動。

放課後は、増村先生に文芸部へ連れていかれた。

文芸部には、今日も川島部長と田辺くんしかいなかった。

増村先生はなぜかずっと部室にいて、私を馴染ませようとしているのか、やたらと話しかけてきた。

やっぱり、増村先生のフレンドリーな空気は苦手だ。

今さらのように、どうして入部することにしたのだろうと後悔する。

五時頃、増村先生に解放されるなり、病院に急ぐ。

ついたときは、もう六時半になっていた。

相変わらず光は反抗的で、何を言っても、ろくに返事すらしてくれなかった。しまいには、頭からすっぽり布団をかぶり、完全にシャットアウトされてしまう。

お母さんとの約束どおり、大きめのタオルや洗面器など、退院までにもう使わないであろうものをひとまとめにして、病院を出た。

学校のカバンに加え、光の入院セットを入れたボストンバッグを持っているから、かなり重い。

ふらふらになりながら病院前のロータリーを抜けて、敷地外に出る。

外は、すっかり暗くなっていた。

病室でなんだかんだ時間がかかったから、きっと、もう八時近いのだろう。

藍色(あいいろ)の夜空には雲が立ち込めていて、星ひとつ見えない。

片道二車線の車道を、ライトをつけた車がビュンビュン行き交っている。

見慣れない夜の景色を見ていると、まるで知らない街にいるみたいに心細くなった。

「おっも……」

ボストンバッグを肩にかけ直したとき、反動で足がふらつき、隣を歩いていたおじさんの肩に軽くぶつかる。

慌てて謝ろうとすると、おじさんが怪訝(けげん)そうに私を睨んできた。

「こんな時間まで、高校生が遊んでんじゃねえよ」

悪意ある呟きが、胸の奥にグサリと突き刺さる。
私は、遊んでいたわけじゃない。
学校で辛い一日に耐えたあと、入院中の弟の面会に行っただけだ。
それなのに、どうして、そんな嫌味を言われないといけないのだろう。
おじさんは、私のことなんて何も知らないのに。
苦々(にがにが)しげな舌打ちを残して、おじさんが通りすぎる。
あたりから、チラチラと興味本位の視線を感じた。
とたんにみじめな気持ちになって、どうしようもないほど泣きたくなる。
「……っ」
唇(くちびる)が震える。足に力が入らない。
だけど、ここで泣いてはダメだと思った。
路上で泣いている高校生なんて、普通じゃない。
私は、普通でいたい。
当たり前からはみ出したくない。
私よりもっと辛い境遇(きょうぐう)の人は、世の中にいくらでもいる。
悲劇のヒロインぶっている場合じゃない。
もっとがんばれば。がんばればいいだけなんだ。

だけどどんなに自分を叱咤しても、うまくいかず、体からはみるみる力が抜けていく。そのうち立っていられなくなり、膝から崩れ落ちるように、その場にうずくまった。

「ハア、ハアッ……」

何これ、息が苦しい。こんなの初めてだ。

いつものように平静を装おうとしても、どうにもできない。

まるで喉が詰まったみたいに呼吸が阻害されて、目から涙があふれ出す。

「ハッ……ハアッ……」

でも、がんばらなきゃ……。

そのときだった。

「──おい、大丈夫かよ」

すぐ近くから聞こえた声に、朦朧とする意識が呼び戻される。

どうにか顔を上げれば、見知った顔が目に飛び込んできて、驚きのあまり一瞬だけ息苦しさを忘れた。

目の前で私を心配そうにのぞき込んでいたのは、小瀬川くんだった。

「…ぜ…」

小瀬川くん、と言いたかったけど、再び息苦しさが襲ってきて、うまく言葉にできない。

小瀬川くんは眉をしかめると、しゃがみ込み、私の背中に手を伸ばす。

それから、ためらうように一度手を止めたあとで、遠慮がちにさすった。

「落ちついて。ゆっくり息吸って」

「……っ」

私は、涙目でかぶりを振った。

急に、今までどうやって呼吸をしていたか、わからなくなってしまったからだ。

声にならない声を理解しているかのように、小瀬川くんは「大丈夫だから。息、ちゃんと吸えるから」と穏やかに言い聞かせてくる。

「俺の口の動きをよく見て。同じように動かして」

小瀬川くんが口を開け、ゆっくりと時間をかけて息を吸い込んだ。

それから、また時間をかけて、ゆっくり息を吐き出した。

死ぬんじゃないかとパニックになっていたけど、落ちついている小瀬川くんを見ているうちに、徐々に気持ちを持ち直す。

大丈夫、これは死ぬほどのことじゃない。

私は、ちゃんと息を吸える。

彼の口の動きをひとつひとつ目で追い、無我夢中で真似た。

リズムをつかむのに時間がかかり、なかなか呼吸が整わなかったけど、小瀬川くんは繰り返し、わかりやすく呼吸の動きを見せてくれた。

そのうち、少しずつ呼吸の仕方を思い出す。

脳に酸素が行き渡り、嘘みたいに体が軽くなっていった。

霞(かす)んでいた視界がはっきりした頃に、ようやく声が出せるようになる。

「もう、大丈夫……」

小瀬川くんは、ほんの少しだけホッとした顔を見せると、私の背中から手を遠ざけた。

グレーのストライプシャツに黒のロングエプロン。

よく見ると、彼はカフェの制服姿のままだ。

路上にうずくまる私を窓ガラス越しに見つけて、助けに来てくれたのかもしれない。

「……小瀬川くん、バイト中だった？」

「そうだけど、終わりかけだったから」

そっけない答え方だったけど、気にしなくていい、という意味なのだろう。

「ごめんね。助けてくれてありがとう」

どうにか笑ってみせれば、小瀬川くんは、先ほどまでの穏やかな口調からは考えられないほど、不機嫌そうな顔をした。

――え、何……？

「無理して、友達ごっこなんかしてるからそうなるんだ」

まるで、ハンマーで頭をガンと殴られたみたいだった。

小瀬川くんのその唐突な一言は、私にとってはそれくらい衝撃的だった。

彼が言ってるのは、明らかに美織と杏との関係のことで。

クラスメイトのほとんどが、そのことに気づかないフリをしているのに。

お母さんだって、誤魔化せたのに。

話したこともない小瀬川くんに、見抜かれ、指摘された――。

闇を背に浮かぶ小瀬川くんの整った顔が、急に怖くなる。

凍りつく私に、小瀬川くんは見透かすような目を向けて、なおも続けた。

「あいつらとつるむのが苦痛なら、ひとりでいろよ。見ててしんどいんだよ」

――見てて、しんどい。

容赦のない言葉が、鋭く私の胸をえぐる。

「自分を偽ってまで、一緒にいる必要ないだろ？　自分を偽った分だけ、本当に大事なものが削げていくぞ」

彼は、気づいている。

すべてを、見抜いている。

恥ずかしいような情けないような感情が込み上げ、言葉にならなかった。

唇を引き結んで震える私を、小瀬川くんは、変わらずしかめ面のまま見ていた。

勘の鋭い小瀬川くんには、お母さんのときみたいに、誤魔化しはきかないだろう。

自分を偽れないと知ったとき、なぜか心の底から、誰にも抱いたことがないほどの怒りが込み上げてきた。

「小瀬川くんには、わからないよ。普通でいられなくなる気持ちなんて……」

は？というように、彼が眉を吊り上げる。

「普通って、何？　普通が、そんなに大事？」

小瀬川くんは、ズタズタな私の心に、これでもかというほど土足で踏み込んでくる。

私は目に涙をにじませて、小瀬川くんを見上げた。

彼の目には、〝普通〟にしがみついている私は、さぞや滑稽に映っているのだろう。

「大事だよ、私には大事。だって……」

言いかけて、言葉をつぐんだ。

家庭環境が普通じゃないから、せめて学校では普通でいたい――美織と杏にすら、かたくなに秘密にしているのに、今日初めて話したクラスメイトに、そんなことを言えるわけがない。

逡巡する私を、彼は黙って見つめていた。

眉根を寄せているのは、おそらく、私の気持ちが伝わっていないからだろう。

ひとりでいることが平気な彼にとって、ハブられる疎外感なんて理解できないに違いない。

だから、絶対に何か言い返してくると思った。

無口に見えて、彼は案外ズバズバ言う人のようだから。

だけど小瀬川くんは、沈黙のあとで、何かを思い出したようにあたりを見まわす。

あちらこちらで輝いているネオンの灯り、通りすぎるサラリーマンたちの笑い声、どこからともなく聞こえるクラクションの音。

夜の深まった街は、いつしか私の知らない世界に変貌していた。

ふと我に返り、感じたことのない不安を覚えたとき、小瀬川くんがおもむろに立ち上がる。

「ちょっと、そこで待ってて」

それから、私の返事を待たずに、あっという間にカフェの中へと戻っていった。

急な展開に、頭が追いつかない。

どういう状況なのか理解できないまま、私はとりあえず、言われたとおり路上に座り込んで彼を待った。

小瀬川くんは、わりとすぐに出てきた。

カフェの制服から、ブレザーに濃緑のネクタイの、学校の制服に着替えている。

きょとんとしていると、「それ」と小瀬川くんが私の肩を顎で示す。

「貸して」

「……え？」

肩にかかっているのは、光の入院道具を入れたボストンバッグで、彼が何を求めているのか見当もつかない。

困惑していると、しびれを切らしたのか、小瀬川くんが勝手に私の肩からボストンバッグを奪ってしまった。

そして、自分の肩にかけ直す。

百五十二センチの私ではあれほど大きく感じたボストンバッグが、百八十センチを超えているであろう彼の肩にあると、なんだか小さく見えた。

「立って。帰るんだろ？」

「……あ、え？」

そのとき、小瀬川くんが代わりにバッグを持ってくれたことに、ようやく気づいた。

優しく助けてくれたかと思えば冷たくなり、また優しくなる。

コロコロ変わる彼の態度に、頭がついていけない。

「……バッグ、持たなくていいよ。なんか悪いし」

「また倒れられたら困るから」

ぶっきらぼうに答えると、小瀬川くんは私をその場に残して先に歩き出した。

「あ、待って」

慌てて、彼の背中を追いかける。

小瀬川くんは当然のように、最寄りのバス停で足を止めた。

私がバスでここまで来ていることを、どうして知っているんだろう？

「本当に、大丈夫だから……。小瀬川くん、もう帰りなよ」

「俺もバスだから、ついでだよ」

「え、そうなの？」

知らなかった。

だから、私がバスを利用していることを知っていたんだ。

きっと、以前にバスの中で私を見かけたのだろう。

数分後に到着したバスに、ふたりで乗り込む。

車内はガラガラで、私は入り口付近にあるひとり席に座った。

小瀬川くんは、私から通路を隔てた、ふたり席に座る。

私たちの間に、会話はない。

バスのエンジン音と、ドアの開閉する音、それから運転手さんのアナウンスだけが、繰り返し聞こえるだけだった。

小瀬川くんは窓のほうを見て、私を見ようともしない。

「……あの。バイト、いつからしてるの？」

十分くらい経ったところで、さすがに気まずくなって声をかけると、小瀬川くんは窓に目を向けたまま答えた。

「一年くらい前。先生には言わないで、バイトしてること」

「……わかってる」

それきり、私たちが話をすることはもうなかった。

家の最寄りのバス停が近づいたところで、小瀬川くんが、持ったままだったボストンバッグを渡してくる。

「次で降りるんだろ？　これ、返す」

私が降りるバス停までも彼が知っていたことに、少し驚いた。

「ありがとう……」

「たいしたことじゃないから」

小瀬川くんは、やっぱりそっけなく答えただけだった。

下車したあと、バス停から窓越しに、こちらを見向きもしない彼を見送る。

小瀬川くんを乗せたバスは、すぐに発車すると、青信号の連なる闇の向こうへと、溶け込むように消えていった。

──『無理して、友達ごっこなんかしてるからそうなるんだ』

小瀬川くんの言葉を、その夜から、繰り返し頭の中で反芻した。

人の事情も知らないで、と何度も腹が立った。

だけど、本当はわかっていた。

小瀬川くんの言ったことは、正しい。

このままでは、私はきっとダメになってしまう。

胸が押しつぶされそうな辛い日々から抜け出すには、美織と杏から離れるしかないんだ。

だけどそれは、簡単なようで、すごく難しい。

タイミングがわからない。

そして何よりも、〝普通〟からはみ出すことが怖くて怖くて仕方ない。


数日後、席替えがあった。

美織と杏は運よく前後の席になって、すごく盛り上がっていた。

私は、ちょうど真ん中ぐらいの席で、教卓に近いふたりの席からは距離がある。

昼休み。

「あ～、お腹すいた！　杏、早く食べよ。席近かったらすぐ食べられるから便利だね」

美織がパンの袋を取り出しながら、後ろの席の杏を振り返ってはしゃいでいる。

「美織、今日パンなんだ。あ、でもさ……」

お弁当箱の入っている袋をカバンから出した杏が、気まずそうに私に視線を寄越した。

「どうする？　席、移動する？」

「ええ～、めんどくさ。だって一緒に食べても全然しゃべんないし、意味なくない？」

数学の教科書を片づけていた私は、美織の言葉に身を凍りつかせた。

今までは、美織と杏の席が離れていたから、お弁当を食べるときは美織が杏のもとに移動していた。

その流れで、杏の後ろの席だった私も、なんとなく一緒に机を囲んでいた。

私だけ席が離れた今、本来であれば、私がふたりのところに行くべきだろう。

だけど、明らかに関係がこじれているのに、それをするのは勇気が必要だった。

うんざりしたようなふたりの視線が刺さる。

ふたりも、私がお弁当を持って移動してくることを、絶対に望んではいない。

私たちの間に渦巻く、もやもやとした空気感に、息が詰まりそうだった。

そのとき、あの夜の小瀬川くんの言葉が脳裏ではじけ、離れるなら今しかないと思ったんだ。

私はお弁当の袋を持って立ち上がると、向かい合うふたりの前で足を止める。

「……私、今日から、別に食べるね。だから、これからはふたりで食べて」

心臓がバクバクと暴れまわっていて、息が苦しくなったけど、どうにか言い切る。

それから、美織と杏の顔を見ないようにして、急いで教室を出た。


──言ってしまった。

美織と杏が、この先私を仲間に入れることはもうないだろう。

私は、完全にひとりぼっち。女子グループからハブられた、哀れな人間。

でも、もうどうしようもない。

お弁当を食べる場所を求めて、校内をうろうろ歩きまわる。

中庭も多目的室も、お昼ご飯中の生徒でにぎわっていて、とてもではないけどひとりポツンと食べる勇気は湧かなかった。

誰の目も気にせずに食べたいけど、人がいないところが思いつかない。

そのとき、ふいに、あの狭い部室を思い出した。

学校中から忘れられているようなあの場所なら、きっと誰もいないはず。

渡り廊下を抜けて、旧校舎の三階を目指す。

閑散(かんさん)としている廊下を歩み、倉庫然とした文芸部の前に立った。

だけど、鍵がかかっているみたいでドアが開かない。

肩を落としたとき、隣に佇む非常階段用のドアが目に入る。

非常用なら、たぶん鍵はかかっていないだろう。

期待を抱きながらドアノブに手をかけると、思ったとおりあっさり開いた。

とたんに、グラウンドの砂埃の匂(にお)いをはらんだ風が、サッと体の横を通りすぎていく。

なぜか、すさんだ心が洗われるような心地になった。

「……あれ？」

次の瞬間、私は間の抜けた声を上げていた。

階段の踊り場の隅に、小瀬川くんが座っていたからだ。

「え？　小瀬川くん……？」

よく見ると、小瀬川くんは、片手でメロンパンを持っていた。

あぐらをかいている脇には、アイスコーヒーのペットボトルも置かれている。

予想外の先客に、唖然(あぜん)としてしまった。

「どうして、ここにいるの？」

小瀬川くんは、見ればわかるだろ？とでも言いたげな顔をした。

「飯(めし)、食べてるから」

昼休みになると、いつも姿が見えなくなっていたけど、こんなところにいたんだ。

「そっか……」

ひとりのところを、邪魔されたら嫌かもしれない。

そう思って踵(きびす)を返そうとすると、小瀬川くんが思いがけず声をかけてきた。

「どこ行くの？　飯、食べに来たんだろ？」

それ以上は何も言わずに、こちらに顔を向けている小瀬川くん。

柔らかそうなモカ色の髪が、風に揺れている。

見透かすような彼の視線で、伝わった。

小瀬川くんは、私が美織と杏から離れ、ひとりでお弁当を食べに来たことを、言わなくてもわかっている。

「……うん」

私はうつむくと、小瀬川くんとは反対側の隅に座り、膝(ひざ)の上にお弁当を置いた。

小瀬川くんは、私の存在などどうでもいいかのように、メロンパンをかじりながらグラウンドに目を向けている。

私も、黙々とお弁当に箸(はし)をつけた。

ふたりきりの、静かな時間が過ぎていく。

胸がどんよりと重かったけど、ぐっと耐えて、食べたくもないお弁当をひたすら口に運び続けた。味なんて、もちろんまったくしない。

だけど、どこからともなく楽しそうな笑い声が聞こえてきたとき、急に悲しみが喉元にせり上がってくる。

――もう、あと戻りできない。

私は、学校でも普通の存在じゃなくなってしまった。

今さらのように、全身から汗が噴き出すような焦りを覚える。

「小瀬川くん……」

「何?」

「……私、明日からも、ここに食べに来ていいかな」

情けないけど、何かにすがりたかった。逃げ場が欲しかった。

勇気をたたえるわけでもなく、憐(あわ)れむわけでもなく、小瀬川くんはいつもの調子で答える。

「そうしたいんならそうしなよ。ていうか、俺の許可なんて必要ないし」

「……うん」

「水田さんは、水田さんの好きなようにすればいいよ。誰にも、水田さんの行動を制約する権利なんてないんだから」

「──うん」

どうしてだろう。

小瀬川くんの返事を聞いたとたん、目に涙がぶわっとあふれた。

好きなようにしたらいい。

誰にも、私の行動を制約する権利なんてない。

そんなふうに思ったことは、今までなかったからだ。

お母さんのために、光のために、がんばらないといけないと思っていた。

無理して、自分を偽って、女子グループからはみ出さないようにしがみついて。

そうやって、がむしゃらに〝普通〟を演じないといけないと思っていた。

だけど、そうじゃないんだと教えられた気がして。

普通じゃなくてもいいんだと言われた気がして。

突き放されているようにも聞こえる言葉だったけど、心が晴れたように、気持ちが楽になったんだ。

涙を見られるのが恥ずかしくて、顔を伏せ、さりげなく指先でぬぐう。

だけど小瀬川くんをうかがい見ると、思いきり目が合って、もはや隠しようがないことに気づいた。

小瀬川くんは、私が泣いていることには触れず、またグラウンドのほうを向いてしまう。
彼のような人には、めそめそ泣く女子は、鬱陶しいだけだろう。
だけど、泣きやまなきゃと思えば思うほど、涙はとめどなくあふれてきた。
「ううっ……」
できるだけ声を抑えようとはしたけど、どうしても無様な泣き声が漏れてしまう。
「うっ、ううっ……」
涙で顔はボロボロ、鼻水だって出ている。
お母さんの前でも、もう何年も泣いていないのに。
泣きたくても、泣けなかったのに。
どうして小瀬川くんの前だと、いくらでも泣いてしまうんだろう？
彼は、私のむせび泣きなど聞こえないかのように、ずっと遠くを見ていた。
彼の視線の彼方、青い空には、ゆったりと雲が浮かんでいる。
聞こえてるけど、鬱陶しいからあえて無視しているのか。
それとも、気を利かせて聞こえていないフリをしてくれているのか。
わからないけど、何も言わないでいてくれることが、今はひたすらありがたかった。

薫風

美織と杏との縁は、その昼休み以降、完全に切れた。

目が合うことすらない。あからさまに避けられているのがよくわかった。

『何あれ、感じわる～』

『他に食べる人いないだろうから、一緒に食べてあげてたのに』

話をすることはなくなったけど、陰口は何度か耳にした。

まるで、赤の他人よりも遠い存在になってしまったみたい。

教室は、以前にも増して、私にとっては居心地の悪い場所になってしまう。

休み時間や移動教室は、とくに生きた心地がしなかった。

昼休みのたびに、お弁当を持って逃げるように訪れる旧校舎の非常階段は、唯一の安らぎの場所となる。

小瀬川くんはいつも先に来ていて、踊り場の隅で、気だるげにパンを食べていた。

私たちの間に、会話はほとんどない。

たまに私から、「次の授業なんだっけ？」とか「今日は天気悪いね」とか話しかけても、小瀬川くんはいつもひと言ふた言返事をするだけだった。

それでも、彼とふたりきりの空間は心地よかった。

小瀬川くんはいつも淡々(たんたん)としていて、私のことなどどうでもよさそうだった。

彼にとっては、私が普通じゃないことも、どうでもいいんだと思う。

呼吸困難になった無様な姿や、ぐちゃぐちゃな泣き顔だって見られているけど、まったく気にしていないようだった。

だから、彼の前では、私は自信を持って普通じゃない自分でいられた。

私たちの関係は、クラスメイトよりも近い、だけど友達と呼ぶにはちょっと違う、奇妙なものだった。

「小瀬川くんって、どうしてバイトしてるの?」

あるとき、聞いてみたことがある。すると小瀬川くんは、カレーパンを頬張(ほおば)りながら、いつものようにそっけなく答えた。

「個人的な理由で金がいるから」

「ふうん……」

何か、買いたいものでもあるのだろうか?

物欲のなさそうな人だから、意外だった。

「バイトって、大変?」

「慣れればそれほどでも」

「そっか。私も、バイトしてみようかな」

私が働けば、お母さんも少しは楽になるだろうか？

でも、お母さんは私がバイトをするのを嫌がる。ただでさえ家事や光のことで大変なんだから、他の時間は勉強に費やしなさいって言ってくる。

そんなことを思い出していると、視線を感じた。

こちらを見つめる小瀬川くんの顔が、なぜが悲しげに見えて、一瞬だけ息をのむ。

だけど小瀬川くんは、すぐにいつもの無愛想な顔に戻った。

というより、そもそも、そんな顔をしていたような気もする。

きっと、光の加減で、いつもとは違って見えただけだろう。

そんな日々が一週間ほど続いた、五月の終わり。

昼休みに入ってすぐ、お弁当を持って廊下に出ると、「水田さん」と背後から呼ばれた。

振り返ると、切れ長の目が印象的な背の高い女の子が、ランチバッグを持って立っている。

「谷澤(たにざわ)さん……？」

今年になって同じクラスになった谷澤さんは、女子よりも男子と一緒にいることのほうが多い、ドライなイメージの女の子だった。

黒髪ベリーショートの、美人というよりイケメンといったほうがしっくりくる見た目で、女子にモテてるって前に杏が言っていたのを思い出す。

「あのさ、ちょっと話したいことがあるんだけど、今日一緒にお昼食べない？」

「いいけど……」

谷澤さんに声をかけられるなんて思ってもいなくて、驚きのあまり、声が上ずる。

私、何かしたっけ？と身構えてしまった。

それくらい、谷澤さんは、自分からは遠い存在だったから。

動揺する私とは裏腹に、谷澤さんは、「じゃ、外行こっか」と落ちついた足取りで廊下をスタスタ歩き始める。

緊張しつつ、小走りでスラリとした背中を追いかけた。

谷澤さんは、渡り廊下に面した庭園に出ると、色とりどりのパンジーが咲き誇る花壇の脇にあるベンチに座る。それから、隣をポンと叩いた。

「ここにしよっか。水田さんも座って」

「あ、うん」

ドキドキしながら、隣に腰を下ろす。

すると彼女は、ドライな空気を一変させ、少年みたいな無邪気な笑みを浮かべた。

「ごめんね、急に連れ出して。水田さんが文芸部に入ったって聞いて、話してみたくなったの。私も、文芸部なんだ」

「え、そうなの？」

そういえば、川島部長があとふたり部員がいるって言ってたっけ。

そのひとりが谷澤さんだなんて、想像もつかなかった。

「うん。っていっても、二年から入ったから、まだ新入部員だけどね」

「もしかして、谷澤さんも増村先生に勧誘されたの？」

谷澤さんが、「そうなの！」と声を張り上げる。

「女友達が欲しいって先生に相談したら、じゃあ文芸部に入らないかって声かけられたの。私、本読むの好きだし、いいかもと思って入ったんだけど……入ってみたら、二年の女子は私以外いないし！　きっと先生、部を同好会に降格させたくなくて、適当なこと言って勧誘したんだよ。ひどくない？」

口をへの字に曲げ、拗ねた顔をしている谷澤さん。

思いがけない話の内容に、私は困惑していた。

「女友達、欲しいの？」

するとと谷澤さんは、「うん！」とまた無邪気に笑う。

「私、男兄弟に囲まれて育ったから、女友達作るの苦手なの。見た目もこんなだし、女子に話しかけられることもなくて。だから仕方なく男子と一緒にいるんだけど、本当は女子と友達になりたいって、ずっと思ってたんだ。でも、何をきっかけに話しかけたらいいのかわからないんだよね……。だから水田さんが文芸部に入ったって聞いて、すごくうれしかったんだ。これをきっかけに、話ができるって！」

目を輝かせながら、谷澤さんはガシッと私の両手をつかんでくる。

彼女のイメージからかけ離れた言動の数々に、ポカンとしてしまった。

すると谷澤さんが、しまった、というような顔で私の手を離す。

「ごめん、急に手なんか握(にぎ)って……。引いちゃった？」

わかりやすく肩を落とす彼女を、慌ててフォローする。

「ううん、そんなんじゃないよ。思ってた谷澤さんと違って、少しびっくりしただけ」

「ごめんね。男友達からも、よく言われるんだ。イメージぶっ壊れるから、女子とは話さないほうがいいって」

シュンとする彼女を見て、私は焦った。

世の中、目に見えるものがすべてじゃない。

人の知らない一面を隠し持っている人は、きっとたくさんいる。

私だってそうだ。

母子家庭だってことをかたくなに伏せて、普通じゃない自分を懸命(けんめい)に隠して生きている。

本当にこれでいいの？と、心の中で自問しながら……。

勝手に持たれてるイメージと異なる、子供っぽくて寂しがり屋の本当の自分に、谷澤さんも人知れず悩んできたに違いない。

「でも私は、今まで思ってた谷澤さんよりも、今の谷澤さんのほうが好きだよ」

それは、彼女を励ますためではあったけど、本心でもあった。

心のままに明るくなったりしょげたりする彼女は、表情豊かで、見ていて楽しい。

かわいくて、素敵な女の子だと思った。

すると、谷澤さんは驚いたように私を見て、みるみる頬を赤くする。

「えへへ、ありがとう」

それから、にこにこと屈託なく笑いながら言った。

「水田さんのこと、これから真菜って呼んでいい？　私のことも夏樹って呼んでくれていいから」

人生、沈むときもあれば浮くときもある。

クラスでひとりぼっちの私に、その日突然友達ができた。

それから私は、いつも夏樹と一緒にいるようになった。

移動教室のとき、体育の時間、そして昼休み。

美織と杏からの冷たい視線を感じることもあったけど、夏樹がいれば怖くなかった。

夏樹には幾度となく、一緒に部活に行こうと誘われたけど、断り続けたらそのうち声をかけてこなくなった。

胸が痛かったけど、私はまだ、家庭の事情を友達に話す勇気を持てないでいる。

それに、夏樹には言い出しにくかったけど、文芸部はやめるつもりでいた。

川島部長も、田辺くんも、見るからに本の虫といった雰囲気の人たちだった。

夏樹だって、カバンには必ず文庫本を数冊入れているくらいの読書好きだ。

それなのに、私は別に読書が好きなわけじゃない。

文芸部に、私はいるべき人間じゃない。

昼休みに非常階段に行かなくなってから、小瀬川くんとの接点はなくなった。

光が退院したから、病院近くのカフェでバイト中の彼を見かけることもない。

それでも、斜め後ろの彼の存在は、教室でいつも意識していた。

相変わらず、小瀬川くんは誰ともつるまずひとりでいる。

登校はたいていギリギリだし、休み時間はどこかに行ってしまうし、バイトがあるせいか下校は誰よりも早い。

だけど意識しているのは私だけで、彼のほうは、私のことなんてどうでもよさそう。

毎日忙しい彼は、私と過ごした些細(ささい)な日々のことなんて、忘れているに違いない。

そう考えると、ほんの少し、寂しく感じた。

六月に入り、制服が夏服に切り替わった。

水色の半そでシャツがあふれている教室は、澄んだ青空を連想させた。

まるで、ひと足先に夏が来たかのよう。

窓の外を見れば、緑葉(りょくよう)の揺らぐ木々の上空に、灰色の雲が立ち込めていた。

梅雨(つゆ)入りも、あともう少しだろう。

ある日のホームルーム。

「えー、じゃあ、十月にある文化祭の実行委員を決めたいと思う。男女ひとりずつな」

そう言って、今日もジャージ姿の増村先生が、黒板に〝文化祭実行委員〟とクセのある字をチョークでカツカツと連ねた。

「おもな仕事内容は、文化祭の出し物の総括(そうかつ)だ。出し物決めから、人の割り振り、予算の管理など、仕事はいくらでもある。やりがいのある委員だぞ。ザ・青春の一ページだ。やりたい人は手を挙げて」

　お得意の決めゼリフ〝青春の一ページ〟を、どうだといわんばかりに声高(こわだか)に言い放った、増村先生。

クラス中が、シーンと、若干引き気味に静まり返る。

このクラスは、あまりそういうことに乗り気なクラスじゃないみたい。

こういう委員みたいなのは、〝率先してやる人〟と、〝誰かがやってくれるだろうと思っている人〟に二分される。

どうやらこのクラスには、後者が集まってしまったみたい。

そういう私も、『誰かやってくれないかな』のスタンスで小・中とすり抜けてきた、やる気のないタイプだけど。

「あれ？　やりたい人、いないのか？　青春のいい思い出になるぞー」

あいにく先生が言うところの青春まったただ中にいるらしい私たちは、思い出目線では現状を見ることができない。

目の前の面倒事が、ただ単に増えるだけだ。

「どうしたー？　立候補が無理なら、推薦でもいいからな」

先生が、焦れたように黒板をチョークでコツコツと叩いたそのとき。

「先生」

教卓前の席の美織が、勢いよく手を挙げた。

「水田さんがいいと思います。向いてると思います」

うつむいていた私は、驚いてガバッと顔を上げる。

ピンと背筋を伸ばして黒板に顔を向けている美織は、推薦しておきながら、私を振り返ろうともしない。

美織の後ろの席に座っている杏も、同じくかたくなに前を見ていた。

クラスのあちこちから、ざわざわと動揺の声が湧く。

目立つどころか、大人しい部類に入る私に、みんなのとりまとめ役なんて明らかに向いていない。それなのに、どうして美織はあんなことを言ったんだろうと、不思議がっているようだった。

みんなの盗み見るような視線が、体中に刺さる。

その瞬間、気づいた。

これはきっと、美織と杏の、私に対する嫌がらせだ。

私が美織と杏から離れ、夏樹と行動をともにするようになったことは周知の事実で、勘のいい子たちは、ヒソヒソとこちらを見ながら耳打ちしている。

まるで、晒し者のような状態。

消えてしまいたい衝動に駆られたけど、私は表情ひとつ変えずに、ダメージを受けていないフリをした。

「あー、水田かー……」

私の家庭の事情を知っている増村先生は、うなりながら頭をかいた。

家事をしたり、光の面倒をみたりしないといけない私は、放課後いつも長く残れるわけではない。

それに、光がまた入院にでもなったら、たとえ文化祭直前であろうと、クラスのことに集中できない可能性がある。

増村先生は、困ったようにずっとうなっていた。

そんな先生を見ていたら、心底申し訳なくなる。

何より、このままの状態が続くのは耐えられなかった。

だってこの雰囲気、まるでいじめられているみたいじゃないか。

私はいじめられているわけじゃない。そんな、みじめな人間じゃない。

普通の、目立たない、ただの人づき合いの悪い女子なだけ——。

「——先生、私やります」

思いきってそう声を出すと、先生が気づかうように言う。

「でも、大丈夫か？」

「大丈夫です、できます」

この状況から早く逃れたくて、はっきり言いきった。

それを、前向きな心境の変化とでも勘違いしたのか、先生は「そうか。困ったときはなんでも相談しろ」とうれしそうな顔をする。

「じゃあ、女子は決まりだな。男子は推薦ないか？」

クラス中の男子が、いっせいに下を向いた。

面倒なうえに、もうひとりは頼りなさそうな女子だなんて、誰だって嫌だろう。

だけどそんな中、「お？」と増村先生が声を上げた。

「小瀬川、誰かいるのか？」

驚いて、後ろを振り返る。

小瀬川くんが、気だるげに手を挙げていた。

「――俺がやります」

クラス中の空気が、震撼した。

だって、一匹狼の小瀬川くんは、委員に立候補なんていう柄じゃない。

クラスメイトと積極的に関わるところを見たことがないし、教室内にいることすら少ない、希少生物のような存在だからだ。

だけど先生は、「やっとやる気になってくれたか！　お前、やればできるやつなんだよな、知ってたぞ！」と、やる気のなかった小瀬川くんがやる気を出してくれたことに、素直に喜んでいる。

「頼んだぞ、小瀬川」

「はい」

クラス中が、「嘘、小瀬川くんが立候補？」とざわめき立っていた。

「小瀬川、急にどうした？　水田のこと好きなの？」

すると、小瀬川くんの後ろの席の男子が、茶化すようにそんなことを言った。

斉木くんという、クラスで一番お調子者の男子だ。

黒髪に短髪で、たしかサッカー部だったはず。

とたんにクラス中がザワザワし始め、私は顔に火がついたようになる。

クラスメイトが全員見ている中でのそういった発言は、拷問に等しい。

すると小瀬川くんは、不快そうに眉間に皺を寄せた。

「そんなんじゃないよ。いつまでたっても決まらなそうだったから」

言葉どおり、小瀬川くんは、ただたんに委員決めを早く終わらせたかったのだろう。

また私を助けることになってしまったのは、偶然が重なっただけだ。

そんなことは、わかってる。

わかっているけど――斜め後ろに感じる小瀬川くんの気配を、今まで以上に強く意識してしまった。

「真菜。委員、本当に大丈夫なの？」

その日の昼休み、お弁当の袋を持って廊下に出るなり、夏樹が心配そうに声をかけてきた。

「放課後いつも忙しそうじゃん？　無理してない？　推薦されて断れなかったのかなって、心配だったんだ」

「大丈夫だよ、ひとりじゃないし。ありがとう、夏樹」

夏樹は、うん、と頷いて「小瀬川くんがいるもんね」と言った。

「小瀬川くん、ああ見えてしっかりしてるらしいから、きっと頼りになるよ。同中だった男子が言ってたんだけど、中学のときは生徒会長だったんだって」

「小瀬川くんが、生徒会長？」

あの誰ともつるまない、一匹狼の小瀬川くんが？

「うん。ああ見えて、中学のときはクラスを引っ張ってて、人気者だったんだって。でも、高校になってから突然、ガラッとイメージ変わったらしいよ」

どうしてだろ？と、夏樹が首を捻る。

「そうなんだ……」

クラスを引っ張ってる小瀬川くんなんて、今の彼からは想像もつかない。

性格が変わってしまうほどの何かが、彼の身に起こったのだろうか？

なんともいえないもやもやが、胸の奥に渦巻いていた。

「それに――」

夏樹が言いかけた言葉を止めた。

「それに？」

首をかしげると、夏樹はいたずらっぽく目を細めて、意味深な笑みを向けてくる。

「そのうちわかることだから、今は言わないでおく。そうだ、今日こそ文芸部に行かない？」

久しぶりに夏樹からの誘いを受けて、私は躊躇した。

これ以上、彼女からの誘いを断るのは胸が痛い。

本当は、放課後まったく文芸部に顔を出せないほど忙しいわけではない。

光は今入院していないし、顔を出すくらいの余裕はある。でも――。

「……私、文芸部にいてもいいのかな？」

ずっと抱いていた不安をぽつりと漏らせば、夏樹が驚いたように私を見た。

「そんなこと、思ってたの？」

「うん。私は、夏樹みたいに本が好きってわけじゃないから……。先生に勧誘されて、なんとなくの流れで入っただけ。そんな部員がいたら、他の人たちの迷惑になるんじゃないかな……」

慎重に言葉を選びながら言うと、夏樹は押し黙った。

それから、しばらく私を見つめ、尋ねてくる。

「でも、入部を決めた理由が、何かあったんでしょ？」

「理由……？」

夏樹に言われ、見学に行った日のことを思い出す。

グラウンドから聞こえる野球部の声、夕暮れの空に鳴り響く吹奏楽部の音色。

窓から入り込んできた、柔らかな風。

本の香りに包まれながら手にした、薄紫色の冊子。

その最後のページに掲載された、ともすると読み飛ばしてしまいそうなほど目立たない、一遍（いっぺん）の詩。

どうして、あの詩に惹きつけられたのかわからない。

言葉のひとつひとつは忘れてしまったけど、切なくて、心がじんわりあたたかくなったあの感覚だけは、今でもはっきり覚えている。

「あるにはあるけど……」

「それで、充分だよ」

夏樹が言った。

「どんな小さなことでも、文芸部に惹かれた理由があるなら、それで充分。文芸部はもう、真菜の居場所だよ」

ハッと顔を上げれば、夏樹はいつものように屈託なく笑っていた。

――私の居場所。

なんて優しくて、くすぐったい言葉なんだろう。

「わかった？　だから今日、一緒に文芸部行こ？」

「……うん」

「やったー。じゃあ、決まりだね！」

夏樹は明るくガッツポーズをして、もう一度にこっと笑いかけてくれた。


その日の放課後。

私は夏樹と一緒に、文芸部の部室に向かっていた。

行くのは、これで三回目だ。

入部早々ユーレイ部員になってしまって、普通なら気まずいところだ。

だけど、そもそもユーレイ部員になること前提で入ったわけだし、他にもユーレイ部員はいるから、それほど気にしなくていいと夏樹が言ってくれた。

部室棟の一番隅にある文芸部は、相変わらずひっそりとしていて、存在を忘れられているみたいだった。

ドアをノックすると、「どうぞ」と川島部長の声が返ってくる。

「失礼します」

夏樹が、ドアを開け放った。

少し前にやんだけど、朝から雨だったせいか、室内には雨の香りが満ちていた。

長テーブルの奥で、川島部長は今日も読書にふけっていた。

書架の前では、くるくる頭の田辺くんが、体育座りで本を読んでいる。

デジャヴかと思うほど、いつもと同じ光景だ。

「今日は水田さんを連れてきました」

夏樹の声に、川島部長はようやく本から顔を上げた。

「そうですか。水田さん、遠慮せず好きに過ごしてください」

「あ、はい……」

いつもと変わらない、落ちついたテンションの川島部長。

長テーブルの端にカバンを置いた夏樹が、弾むような足取りで書架へと近づいた。

「この間の続き、読もうっと」

夏樹に倣い、テーブルの上にカバンを置いた、そのとき。

部室の隅にあるパイプイスで、文庫本を読んでいる人がいるのに気づいた。

――それは、小瀬川くんだった。

驚きのあまり、息が止まりそうになる。

どうして小瀬川くんが、ここにいるの？

小瀬川くんを凝視して固まっている私に、川島部長が声をかけてくる。

「会うのは初めてでしたか？　彼は、二年の部員の小瀬川くんです」

あとひとり部員がいるのは知っていたけど、それが小瀬川くんだなんて思いもよらなかった。

文芸部と聞くと、地味な人が在籍しているイメージだけど、彼はどちらかというと目立つ見た目をしているからだ。

「あ、いえ……」

知ってます、と答えたかったけど、頭がこんがらがって、うまく声にならなかった。

そんな私に異変を感じたのか、田辺くんがチラリと顔を上げる。

動揺している私に対し、小瀬川くんは、私がいることなど気にも留めていない。

入部したことを知っていたのか、それともたんに興味がないのか。

おもしろそうにこちらを見ていた夏樹が、私と目が合うと、微笑みながら肩をすくめてみせた。

子供っぽいところがある彼女は、私を驚かせるために、小瀬川くんが文芸部だということをわざと黙っていたのだろう。

「小瀬川くん。こちらは、新しい部員の水田さんです」

川島部長が、今度は小瀬川くんに私を紹介した。

「知ってます。同じクラスなんで」
「そうなんですか？　なら、話が早くて助かります」
川島部長が、これでやっと読書に集中できるとばかりにイスに深く腰かけ直した。
それを合図にしたかのように、各々が、自分の世界に戻っていった。
静かな空間に、ゆったりと時が流れていく。
湿気まじりの風、夏の初めの匂い。
誰かが本のページを捲る、パラリという音。
書架へと向かいながら、窓辺にいる小瀬川くんをもう一度そっと盗み見た。
寡黙（かもく）で、文芸部在籍の彼。
中学のときはクラスを引っ張っていたという夏樹の言葉が、やっぱり信じられない。
どうにか動揺を胸で押さえ、適当に選んだ一冊を手に取る。
初恋をテーマにした、ロシア文学だった。
しっかり読むわけではなく、心に残る言葉を探すように、まばらに読んでいく。
だけど文体が難しいせいか、なかなか本の世界に入れない。
やっぱり、読書はあまり好きじゃないみたい。
恋すらしたことがないのに、初恋ネタの小説を選んだのも間違いだったのだろう。
どうにも集中できなくて、本をパタリと閉じると、もとの棚に戻した。

続いて選んだのは、名著っぽいフランスの小説。

だけどその本にもまったく集中できなくて、すぐにもとに戻した。

そのとき、書架の一番下に、薄い冊子がズラリと並んでいるのを見つける。

毎年文化祭に合わせて製作してるという、文芸部の文集だ。

惹きつけられるように、薄紫色をした去年の冊子に手が伸びていた。

パラパラと捲り、一番最後のページに辿りつく。

それだけ作者名もタイトルもない、奇妙な詩。

だけど名もない生徒が書いたその詩は、改めて読んでも、やっぱり私の心を捉えて離さなかった。

ほんの数行のその詩に見入っていると、「……それ」と隣から声がした。

見ると、田辺くんが、いつの間にか私が手にしている文集をのぞき込んでいる。

「どうかした?」

すると田辺くんは、詩を指さし、彼らしくないからかい口調で言った。

「それ、小瀬川先輩が書いたんですよ」

——え?

驚いて窓辺にいる小瀬川くんに目をやると、思いがけず視線が絡み合う。

彼のほうでも、私たちの会話を耳にしていたようだ。

ガタッとパイプイスを引いて立ち上がると、小瀬川くんがものすごい勢いでこちらへと歩んでくる。

そして、私の手から奪うように文集を取り上げた。

「ちょっ……！」

何するの、と言いかけてやめた。

文集を持った手を背中にやっている小瀬川くんの顔が、見たこともないほど赤く染まっていたからだ。

何事にも興味のなさそうな彼が感情をあらわにしたのを、初めて目にした。

きっと、ものすごく見られたくなかったのだろう。

小瀬川くんの態度からそれを察知した私は、「ごめん……」と小さく謝った。

隣にいた田辺くんも、目を剥いている。

田辺くんも、小瀬川くんがこんな行動をとるなんて、予想できなかったみたい。

すると小瀬川くんが、ハッとしたように私に視線を戻す。

「俺こそ、ごめん……」

後ろ手に持った文集を、そろりと前に持って来る小瀬川くん。

それから彼はしゃがみ込むと、文集をもとあった場所に戻しにかかった。

水色のワイシャツの、小瀬川くんの背中が、いつになく弱々しく見える。

もしかすると彼は、自分の作品に自信がないのかもしれない。

とっさに私は、彼が書いた詩に心を打たれたことを、どうしても伝えたくなった。

その詩は、私に文芸部という居場所をくれたから。

それくらい、私にとっては特別なものだから。

小瀬川くんがそれを知らないでいることを、無性に寂しく思ったんだ。

「その詩、すごく好きだよ」

ポツンと言葉を吐き出すと、背を向けていた小瀬川くんが、こちらを振り返る。

驚いたような顔をしている彼と、間近で目が合った。

「初めて読んだときから、すごく好きだと思った。よくわからないんだけど、その詩を読んでたら、悲しくて、あたたかい気持ちになるの」

――悲しくて、あたたかい。

言葉にするのは難しかったけど、それがぴったりな表現だと思った。

こんな気持ちになったのは久しぶりだった。

ドラマや映画を見ても、おもしろいとは思っても、何も響かない。

心をすり抜け、あとには空虚（くうきょ）な気持ちが残るだけ。

お父さんが亡くなってから、ずっとそうだった。

だけどこの詩は、私のすべてを震わせてくれる。

悲しくて――そしてあたたかい気持ちにさせてくれる。

ありがとうって伝えたかったけど、さすがに大げさな気がして、代わりにぎこちなく笑ってみせた。

時が止まったかのように、私の顔をまじまじと見ていた小瀬川くんが、やがてフッと視線を逸らす。

不快な気持ちにさせたかなって、胸がチクリと痛んだ。

だけど小瀬川くんは、またすぐ私に向き直った。

よく見ると、彼の瞳は、髪の色によく似た茶色をしていた。

穏やかで、柔らかくて、澄んでいる。

不愛想な彼には似つかわしくない、とても優しい目だと思った。

「あの、小瀬川くん……？」

私を見つめたまま何も言わないから、気まずくなって、名前を呼んでみる。

すると彼が、「はると」と小さな声で呟いた。

「……え？」

あまりにもボソボソした声だったから、聞き間違いかと思って聞き返すと、小瀬川くんはひとつ瞬きをして、今度は真っすぐ私を見つめた。

「桜人って呼んで。俺のこと」

びっくりして、喉から変な音が出そうになる。

だけど驚きは、やがてあたたかな熱をともなって、じわじわと胸に広がった。

突然、彼との心の距離が近づいたように感じた。

たぶん私は、自分でも気づかないうちに、そうなることを望んでいた。

「……うん」

世界が突如として広がったみたいに、いろんなものが、白い光をまとって見えた。

小瀬川くんの、目鼻立ちの整った顔。

茜色に染まる、書架に囲まれた部室。

風にはためくカーテンからのぞく、雨上がりの夕暮れの空。

グラウンドから遠く聞こえる、生徒たちの歓声。

唐突(とうとつ)に、この空間が、たまらなく心地よく思えた。

夏樹が言っていたように、小瀬川くんの詩を好きでいる限り、ここにいていいような気がした。

いろんな景色が、それでいいんだよって、言ってくれている。

「わかった。桜人って呼ぶね。私のことも、下の名前で呼んでくれたらうれしい」

今度は自然と笑みがこぼれていた。

ものすごく久しぶりに、こんなふうに笑った気がする。

「コホンッ！」

わざとらしい咳(せき)ばらいが聞こえて、現実世界に引き戻されたかのように我に返る。

反対側の書架のあたりにいた夏樹が、こちらを見てにやついた笑みを浮かべていた。

「こっちが恥ずかしくなるから、そういうの、ふたりだけのときにやってよ」

「は？　そんなんじゃねーし……！」

小瀬川くんは、思い出したかのように真っ赤になって、私から離れていった。

田辺くんは、まるで自分のことみたいに恥ずかしそうに、隣でもじもじと顔を伏せている。

川島部長だけは、どこ吹く風といった様子で、先ほどと同じ姿勢で読書を続けていた。

「……俺、用事あるんでもう帰る」

小瀬川くんが、ものすごい速さで部室の隅に置いていたスクールバッグを肩にかける。

それから彼は、私のほうを見ないままに、ドアの向こうに消えていった。

梅雨寒(つゆざむ)

桜人side

およそ一年前から、俺の世界は混沌(こんとん)としている。

まるで深海のように、視界に靄(もや)がかかって、何を見ても、何をしても、すべてがどんよりとしている。

その中を、俺はただ、息を殺して生きるだけ。

だけど今日、久しぶりに彼女の笑顔を見たとき、一瞬だけ、暗い世界に光が差したかのように思えた。

K大付属病院前。

いつものバス停で降りて、バイト先に向かう。

更衣室でグレーストライプのシャツに着替え、黒のロングエプロンを腰につけた。

ロッカーの鏡に映る俺は、バイト仲間が言うように、言われなければ高校生に見えない。

どこの大学？と、客からもよく聞かれる。

だけど、そのほうが好都合だった。

青臭（あおくさ）さがあったら、面接に受からなかったかもしれないから。

高校生だけど落ちついていたから採用したって、店長も言ってたし。

アメリカ発祥（はっしょう）のこのカフェは、コーヒーをはじめとしたドリンクの他に、サンドウィッチやパスタなどの食事メニューも充実している。

ケーキやパフェといった、スイーツメニューも豊富だ。

仕事内容は、レジと厨房（ちゅうぼう）で異なる。

レジは客からオーダーを取り、ドリンクを用意し、調理の必要があるメニューを厨房に声かけする。

厨房は調理をしたり、できた料理を客席まで運んだりする。

レジ横にあるメモで今日の担当を確認すれば、厨房だった。

「お疲れさまです」

「小瀬川くん、お疲れさん」

厨房に行って挨拶をすると、店長が笑顔で迎えてくれた。

アラサーの店長は、顎髭（ひげ）がダンディーなイケメンだ。

声も渋くて、店長目当てに店に通う女性客も多いと聞く。

前のシフトのパートさんと交代し、仕事に入った。

仕事中は、笑顔を心がけてる。

同じ学校のやつが見たら、気色悪いと思われそうなほどの愛想のよさだ。

学校から遠いところをバイト先に選んで、つくづく正解だと思う。

ここをバイト先に選んだ理由は、本当はもっと別のところにあるのだけど。

六時を過ぎたばかりのこの時間、学校や仕事帰りの客で、店内は混雑していた。

目まぐるしく働き、ようやく客足が途絶えた頃には、夜の九時を過ぎていた。

今日のシフトは、十時まで。

営業は深夜一時までだから、本当はもう少し働きたいけど、ぎりぎり十八歳になっていない俺は十時までしか働けない。

ひと息つくと、今しがた帰った客がいた窓辺の席を片づけに向かった。

客ひとりいない店内は、嵐が去ったあとのように静かだった。

とはいえ、また新規の客が来るのも時間の問題だ。

顔を上げれば、窓ガラスの向こうに、闇に染まる歩道が見えた。

アスファルトの上で突っ伏していた彼女を思い出し、反射的に目を凝らしてしまう。

だけど、当然ながらそこに彼女はいなかった。

今日は部活に来てたし、病院に行く予定はないのだろう。

こんなところにいるわけがない。

『小瀬川くんには、わからないよ。普通でいられなくなる気持ちなんて……』

闇を見ていると、あのときの彼女の声が耳によみがえり、胸を締めつける。

彼女を〝普通〟に縛りつける理由を、俺は知ってるから。

罪悪感と切なさと苦しさで、気づけば手を差し伸べていた。

関わってはいけないとわかってはいるけど、辛そうな彼女を見ていたら、行動せずにはいられなかったんだ。

「いや～、小瀬川くん。ピーク超えたみたいだね」

物思いにふけっていると、横から声がした。

隣のテーブルのナプキンを補充している店長が、俺に親しげな笑みを投げかけている。

「そうっすね」と俺は愛想笑いを返した。

「最近、お客さん増えたと思わない？　小瀬川くん目当てかな」

「いやいや、どうしてそうなるんすか」

乾いた笑いで、軽口を受け流す。

こういった店長とのどうでもいい会話は、正直めんどくさい。

「そういえば、小瀬川くんって彼女いないの？」

客もいないし、店長の雑談はまだ続くようだ。

「いないです」

「モテそうなのに、もったいない」

「俺、ネクラなんで。学校でも浮いてるし」

「本当に？　誰とでも仲良くなれそうなのに、想像つかない」

大げさに眉根を寄せる店長に、誤魔化し笑いを向ける。

ああ、もう。本当にめんどくせえ。

「彼女とか、欲しいって思ったことないんで」

「ええっ！　大丈夫？　無理してる？　思春期青年のセリフじゃないでしょ」

「本心ですよ」

ちょうどそのとき、客が来店した。

「いらっしゃいませ」

とたんに店長は仕事モードに切り替わり、俺から離れて入り口に向かった。

イケメン店長の出迎えに、若い女性のふたり連れは頬を紅潮させている。

面倒な会話から解放され、ホッとしているうちに、まるでフラッシュバックのように、今日の出来事が脳裏(のうり)によみがえった。

『桜人って呼んで』

どうしてあんなことを言ってしまったのだろうと、今さらながら恥ずかしくなる。

彼女に俺の書いた詩が好きだと言われたとき、うれしくて、無意識のうちに口走っていた。

羞恥心を押し殺していると、再び、今日見た彼女の笑顔が頭に浮かぶ。

無理をしている彼女の笑顔は辛い。

胸がズタズタになって、見ていられなくなる。

だけど素の彼女の笑顔は、ずっと見ていたいって思う。

彼女は本来、ああいう笑い方をする子だった。


数日後。

シトシトと泣き声のように降りしきる雨の中を、俺は傘を差し、バス停から学校目指して歩いていた。

元気な挨拶の声が飛び交う校門前は、雨にもかかわらず、空気が爽やかだ。

まるで俺ひとりだけが、じめじめとした雨の景色に馴染んでいるようだった。

教室に入ると、俺は無言のまま、自分の席に座る。

そしていつものように、彼女を探した。

登校したらまず彼女を探すことが、いつの間にか毎朝の日課になっている。

この頃、彼女は明るい表情を見せるようになった。

きっと、谷澤さんのおかげだ。

谷澤さんと一緒にいるようになってから、彼女は肩の力が抜けたようだから。

だから最近は、朝一の彼女の顔を見るのが楽しみだったりする。

だけど、今日の彼女は、いつになく浮かない顔をしていた。

とたんに胸の奥がざわざわして、彼女から目が離せなくなる。

悲しげな彼女を見るのは辛い。

自分が傷つくことよりも、よほど苦しい。

とっさに、俺は席から立ち上がっていた。

「おはよう」

机の前に立つと、うつむいていた彼女が、跳ねるように顔を上げた。

小動物に似た丸い瞳が、驚いたように俺を見ている。

まわりも、にわかにざわつきだした。

入学してから、俺が誰かに、ましてや女子に自分から挨拶をするなんて、初めてだからだろう。

目立ってしまったことに一瞬焦ったけど、彼女の目の下のクマに気づくなり、そんなことはどうでもよくなっていた。

「おはよう……」

戸惑い気味に、彼女が挨拶を返す。

「その……」

「ん？」

「寝不足っぽいけど、大丈夫？」

ぎこちなく聞いてみると、彼女は意外そうに目を瞬かせた。

無愛想なくせに何かと絡んできて、変なやつって思われてるのだろう。

「え、わかった？」

彼女が、困ったようにうっすら笑った。

泣いているような笑顔だった。

彼女の気持ちは、いつだって俺には透けて見えてしまう。

罪悪感から彼女の心の動きに敏感になっているのか、それとも別の何かが俺をそうさせるのか。

わからないけど、彼女が落ち込んでいるのがわかると、まるで自分じゃないみたいに、いつも目の前が見えなくなる。

「昨日の夜、家族が体調を崩して、ちょっとバタバタしてて……。寝るのが遅くなったんだ」

彼女が、重いため息をついた。

ああ、そうか。そういうことか。

何があったかを察した俺は、しばらくの間、口を閉ざす。

「……あまり、無理するなよ」

考えた末にそう言うと、彼女ははにかむように「ありがとう」と笑った。

「あ、真菜。おはよ〜！」

教室の入り口から谷澤さんの声が聞こえて、俺は急いで彼女の前から離れる。

そして自分の席に戻ると、ちらちらと感じる興味深げな視線を遮る(さえぎ)ように、頬杖(ほおづえ)をついて窓の外を眺めた。

糸のような雨が、次々と、グラウンドに吸い込まれては消えていく。

無力な俺にできることは、限られてる。

だけどそれでも、彼女がまた笑ってくれるなら——俺はなんだってできるだろう。

たとえこの身が、この雨のように、土に溶けてあとかたもなく消えてしまったとしても。

第二章

夏暮れ

六月の中頃、光がまた入院になった。

学校に復帰して、それほど間もないうちの、再入院だった。

光は、よほどショックだったのだろう。

再入院してから、以前にも増して、口をきいてくれなくなった。

放課後、K大付属病院前でバスを降りる。

バスを乗る前までは、ぎりぎり曇りだったのに、その頃にはザーザーと滝のような雨が降っていた。

傘を差し、病院のエントランスに向かって歩く私の足取りは重い。

心を閉ざしている光を見るのは辛かった。

だけど、こうやって定期的に面会に行くことしかしてあげられない。

お母さんは相変わらず忙しくて、ろくに面会に行けていないから、光はまた私に八つ当たりしてくるだろう。

それを考えると、どうしても憂鬱(ゆううつ)になる。

入院棟の二階、今回の光の部屋は、前回のふたつ隣だ。

雨のせいで、病室内は薄暗く、どんよりとした空気が漂っていた。

三人部屋で、光以外のベッドは、今のところ空いている。

だから事実上、個室のような状態だ。

にもかかわらず、光のベッドには、隅から隅まできっちりカーテンが引かれていた。

カーテンの前で息を整え、できるだけ明るい声を出す。

「光、来たよ。具合はどう?」

「……姉ちゃん」

答えにはなってないけど、意外にもすぐに返事があった。

拍子抜け(ひょうしぬ)した気持ちになりながらも、カーテンの隙間から中をのぞけば、光はベッドの上に座り込み、スケッチブックに色鉛筆を走らせていた。

「絵、描いてるの?」

「うん、そう」

光は、幼い頃から絵を描くのが好きだった。

好きこそものの上手なれの言葉どおり、私なんかよりはるかに上手で、夏休みの絵画コンクールには毎年のように入選していた。

だけど一年くらい前から、光は絵を描かなくなった。

度重(たびかさ)なる入院によるストレスが原因なのには、勘づいていた。

光が絵を描いている姿を見るのは久しぶりで、急な心境の変化に驚かされる。

同時に、とてもうれしくなった。

だけど大げさに喜んだり褒めたりしたら、光はまた反抗的になるかもしれない。

そう思って、あえて感情を抑え、何も言わずに棚に入っていた洗濯物と持参したパジャマを交換した。

さりげなく光の様子を見ると、いつもより顔色がいい。

こんなに生き生きとした光を見るのは、本当に久しぶり。

光が色鉛筆をとっかえひっかえ使い、懸命に描いているのは、燦々(さんさん)と光り輝く太陽に向かって、みずみずしい枝葉を広げる樹木の絵だった。

「この木、そこからよく見えるんだ」

私の視線に気づいたのか、光が片手で窓を指し示す。

あいにくの雨で視界は悪く、入院棟の中庭に植わっている木らしきシルエットは、ほとんど見えない。

不思議に思って、私は首をかしげた。

「今はよく見えないけど……。どうやってスケッチしてるの？」

「覚えてるから、大丈夫」

手を動かしながら、光が明るく言った。

「覚えてるの？　すごい」

記憶力の悪い私には、考えられないことだ。

うちの弟ってもしかして天才？と、シスコンじみた期待を抱いてしまう。

「前にさっちゃんが、あの木は特別な木だって言ってたから、晴れた日にじっくり観察したんだ。だから、覚えてる」

「さっちゃんって、誰？」

すると光は、丸い目をこちらに向け、恥ずかしそうにうつむいた。

「……友達」

光の照れたような、それでいてうれしそうな顔を見て、私は納得した。

友達ができたんだ。

おそらく、同じくここに入院している子だろう。

どうやらその〝さっちゃん〟が、光を前向きに変えてくれたらしい。

──好きなのかな。

直感でそう思った。

「友達、できたんだ」

「うん。さっちゃんが、今度大事なものを見せてくれるって言うから、僕も絵を見せるって約束したんだ」

「そっか、素敵だね」

ニヤニヤをどうにか抑え込んで、あくまでも普通に振る舞う。

だけど心の中は、いつになく浮ついていた。

光の面会に来て、こんな幸せな気持ちになれるなんて思わなかった。

光を変えてくれたさっちゃんに、心から感謝したい。


部室で桜人と会って以来、私は夏樹と一緒に、時間のあるときは文芸部に行くようになった。

文芸部で過ごす時間は、楽しかった。

そうはいっても、部員たちは、和気(わき)あいあいとしているわけではない。

みんなが思い思いに好きなことをしているだけで、会話なんてあまりない。

だけど、ひとりでいるのとは違う。

誰かがいて、存在を感じる中で、やりたいことをやっていい。

そんな独特の空気が、たまらなく心地よかった。

桜人は、二日に一回ぐらい文芸部に顔を出した。

前からそれぐらいのペースで部活に来ていたのかと思ったけど、田辺くんが言うには『先輩、最近よく来ますね』とのことなので、そうでもないみたい。

ある日の放課後、用事があるらしく、夏樹は先に帰ってしまった。

仕方なくひとりで文芸部に行くと、めずらしく川島部長も田辺くんもいなかった。

窓辺のパイプイスで、桜人がひとり本を読んでいるだけだ。

お昼ご飯を非常階段で食べていたとき以来の、ふたりきり。

「部長と田辺くん、来てないね」

「うん。谷澤さんは？」

「用事があるって言ってた」

「ふうん」

桜人とは、以前よりは話をするようになった。

朝、桜人が急に私の席まで来て、『おはよう』って声をかけてきたこともある。

最近、少しずつだけど、彼が私に歩み寄ってくれているのを感じる。

そのたびに私は、胸がじんわりと熱くなって、私ももっと彼に歩み寄りたいと思うようになっていた。

「今日、バイトあるの？」

「うん、六時から。ここで、少し時間つぶしてから行く予定」

そうだ、私も光の面会に行かないといけなかった。

「じゃあ、私も桜人と一緒に帰る」

そう言うと、桜人が顔を上げ、こちらをまじまじと見た。

「あ……」

言葉足らずだったことに気づいて、私は慌てた。

これじゃあ、たんに桜人と一緒に帰りたがってるみたいじゃないか。

それから、本人に言われたとはいえ、初めて彼を下の名前で呼んでしまったことに恥じらってしまう。

「K大付属病院に、弟が入院してるの。だから、面会に行かないといけなくて……。ほら、同じ方向だから」

「そっか」

桜人はそう答えると、また下を向いて、黙り込んでしまった。

パラ……、と桜人が本のページを捲る音が室内に響く。

窓からそよぐ風が、彼のモカ色の髪を揺らした。

鼻筋の通った輪郭(りんかく)に、目元に陰を作る長めのまつ毛。

光の加減のせいか、顔がほんのり赤い。

桜人が窓辺で本を読む姿は、とてもきれいだった。

見とれていると、彼の手元にある本の背表紙が目に入る。

――『後拾遺和歌集(ごしゅういわかしゅう)』。古文の時間に、習ったことがある本だった。

「それ、和歌の本だよね。和歌、好きなの？」

「うん。和歌とか俳句とか、子供の頃から好きなんだ。子供の頃は、本ばかり読んでたから」

どことなく寂しげな目をして、桜人が言う。

桜人は、どうやら文学少年だったようだ。

彼が文芸部に入ったのは、ごく自然な流れだったのだろう。

「和歌や俳句の、どんなところが好きなの？」

和歌や俳句が好きな男子高生なんて、めずらしい気がした。

「ありったけの想いが、詰まってるところかな。短いからこそ、胸に染みて、なんかいいなって思う。日本語って、芸術だなって感じる」

「ふうん、本当に好きなんだね」

いつになく饒舌（じょうぜつ）な桜人に、興味を抱いた。

もっと、話を聞いてみたい。

「好きな和歌って、あるの？」

すると桜人は、ひとつ頷き、「こっちに来て」と私を呼んだ。

歩み寄れば、彼は座ったまま、手にした『後拾遺和歌集』を見せてくる。

顔のすぐ近くに、桜人の体温を感じた。

　君がため　惜しからざりし　命さへ　長くもがなと　思ひけるかな

　指さされた文字を、ゆっくりと目で追った。

「これ、知ってる。たしか、百人一首の和歌だよね」

「そう。百人一首は、いろいろな歌集から和歌を集めて編纂されたものだから。この和歌は、もともとこの本に載っていたものなんだ」

「くわしいね。この和歌、どういう意味なの？」

「〝君に会うためなら死んでも構わないと思っていた。だけど今は君に会うためにいつまでも生きていたいと思う〟って意味」

　和歌の意味を、淀みなく口にする桜人。

　意味を聞いても、いまいちピンときていない私を見て、桜人が補足してくれる。

「死んでもいいという思いを超えて、生きたいと思うようになったほど、〝君〟を好きになったってことだよ」

　和歌に秘められた壮大な想いに、私は思わず心の中でうなった。

　死生観を覆すほどの大恋愛とはどういうものだろう？

　まだ恋を知らない私には、想像もつかない。

「……なんか、すごい」

「うん。俺も、そう思う」

あっさりとした返事だけど、桜人の声は、いつになく弾んでいた。

本当に、この和歌が好きなんだろう。

新たな一面が知れて、うれしくなる。

「それに、言葉の響きがきれいだね」

『日本語って、芸術だなって感じる』と言った桜人の気持ちが、少しわかった気がした。

本から顔を上げれば、思ったより近くで桜人と目が合った。

茶色い瞳が、いつになく熱っぽい色を浮かべている。

熱でもあるのかなと思って首をかしげると、彼は慌てたように、私から視線を逸らした。

それから私たちは、ふたりきりで、静かな時を過ごした。

互いの気配を感じつつ、それぞれが好きな本を読み、ときどき思い出したように言葉を交わす。

彼と過ごすひとときは、文芸部のみんなと過ごす時間とは、また違った。

くすぐったくて、少し恥ずかしくて、でも離れがたい。

桜人がバイトに行かなければならない時間になり、私たちは同時に部室を出た。

とはいえ、並んで歩くわけではなく、はたから見れば一緒に帰っているとは思えないような距離を空けて、廊下を進む。

だけど私には、前を行く桜人が、私のペースに合わせて歩く速度を落としてくれているのがわかった。

自分とは違う男らしい骨格の背中を、ひたすらに追う帰り道は、今まで経験したどんな時間よりも、胸が熱かった。


気象庁が梅雨入りを発表してからというもの、雨の日が続いていた。

その日私は、話したことのないクラスの女子に呼び出されていた。

浦部(うらべ)さんっていう、きれいに巻いた茶髪ロングの、派手な雰囲気の女の子。

次から次に彼氏を替えてるって、杏が興味津々(きょうみしんしん)で噂していたのを耳にしたことがある。

彼氏なんて私にとっては遠い次元の話で、浦部さんのことも縁遠い人だと思っていた。

「あのさ。文化祭実行委員、代わってくれない？」

「え、どうして……？」

キョトンとしてしまう。

それなら、委員決めのときに、手を挙げて立候補すればよかったのに。

腑に落ちない顔をしていると、「小瀬川くん」と浦部さんが囁いた。

「私、小瀬川くんのことが好きなの。だから、話すきっかけが欲しいんだ」

ストレートすぎる浦部さんの物言いに、ああ、と心の中で納得した。

そういうことか。

「水田さん、本当はやりたくて委員になったわけじゃないでしょ？　推薦されて、仕方なくやることにしたんじゃない？　だから、代わったほうが水田さんも助かると思うのよね。先生には私から言っておくから」

まるで、もう決まったことととでも言わんばかりに、巻き髪を揺らして自信たっぷりに言う浦部さん。

たしかに、委員を代わってもらえたら助かる。

光の入院中は、放課後長く学校に残って、委員の用事をすることができないから。

――でも。

「……ごめん。代われない」

自ずと、そう答えていた。

とたんに浦部さんは、眉間に皺を寄せる。

「は？　なんで？」

「もう、決まったことだから」

断固(だんこ)として言いきると、浦部さんは「そ、ならいい」と不機嫌そうに言い残して、私の前から立ち去った。

明らかに、背中が怒っている。

もうひとりが桜人に決まったから委員をやりたい、と言い出した浦部さんの都合のよさを、自分でも驚くほど不快に思っていた。

でも、よくわからないけど、もやもやと胸がくすぶっているのは、それだけが原因じゃない気がした。


七月に入っても、冴(さ)えない天気の日々が続いていた。

どんよりとした鈍色(にびいろ)の空でも、気温だけは真夏並みに高い。

じめじめと湿度の高い教室内は、期末試験も近づいているせいか、うだるようなやる気のなさに満ちていた。

その日、学活で、文化祭の出し物決めをすることになった。

夏休みは、部活や補習なんかでみんな忙しく、なかなか時間が作れないから、今から動き出さないといけないらしい。

「それでは、文化祭の、クラスの出し物を決めたいと思います。やりたいことがある人はいますか？」

　人前で話すのは苦手だけど、私は腹をくくることにした。

　ドキドキしながら、教卓の前でできるだけ大きな声を出す。

　だけど案の定、教室はシーンと静まり返っていて、桜人が黒板にチョークで字を刻む音だけがやたらと耳につく。

「あの……。なんでもいいので、意見を言ってください」

　もう一度言っても、みんなこちらを見ていないか、見ていても、我関せずという表情をしているだけ。

「ていうか小瀬川くんの字、めちゃくちゃきれいなんだけど」

「ねえねえ。そういえば、昨日のあれ見た？」

「あー、腹へったぁ」

　私の声なんて誰ひとりとして聞いてないみたいで、途方に暮れた。

　美織と杏は完全に私など眼中にない様子で、そっぽを向いている。

　それから、睨むような目で私を見ている浦部さんと目が合って――。

「……っ」

　どう考えても歓迎されていない空気に、怖気づいてしまった。

　みんなをまとめる委員なんて、やっぱり私には無理だったのかもしれない。

微かな息苦しさを覚えていると、隣に影が差した。

黒板に文字を書き終えた桜人が、教室中を見渡している。

やがて桜人が、気持ち語気を強めて言った。

「大丈夫？　増村先生が言うには、決まらなかったら、先生自作の劇にするらしいけど。コントみたいな、どう考えてもスベるやつ」

えっ、とクラス中が震撼した。一気にざわつきはじめる。

「やだよ、劇とか。練習きつそうじゃん」

「がんばったのにスベるとか、耐えられない……！」

決まらなかったら自作の劇をやるなんて、増村先生は一言も言ってなかった。

『お前らに全部任せたぞー』と、無責任な言葉を投げかけてきただけだ。

思うに、これは桜人の策略だ。

驚いて桜人を見たけど、いつものポーカーフェイスだった。

見かけによらず、策士みたい。

「先生自作の劇が嫌なら、意見言って」

「はい！　はい！」

桜人の声かけで、勢いよく、お調子ものの斉木くんが手を挙げた。

「タピオカ屋は？　タピオカドリンク作ってカフェみたいな感じにしたら、盛り上がると思うんだよね」

「いいと思う」

桜人の賛同の言葉を受けて、斉木くんは、褒められた子供みたいにうれしそうな顔をした。

「他に意見はある？」

桜人にチョークを手渡され、私は頷くと、黒板に〝タピオカ屋〟と書く。

ぽつぽつと手が挙がった。

「みんなでダンスとか」

「お化け屋敷」

気づけば、先ほどまでのやる気のないクラスとは思えないほど、教室が活気づいていた。

次々と意見が上がる中、桜人は手際よく進行していく。

話し合いの末、最終候補が三つに絞られた。

「じゃあ、目を瞑って顔伏せて。ひとつだけ、やりたい出し物に手を挙げて」

多数決の結果は――お化け屋敷。

続いて、桜人に言われるがまま、私は黒板に役割分担を書いた。

大道具、小道具、衣装、お化け役、受付、音響。

「次回の学活では、役割を決めるから。どれがやりたいか、考えといて」

よく通る声でみんなに呼びかける桜人。

あっという間に、バラバラだったクラスをまとめてしまった。

寡黙で孤独を好む普段の様子からは考えられない。

誰もが、桜人の頼りがいのある雰囲気に魅了されていた。

さすが、元生徒会長。

それに考えてみれば、彼は自分よりも年上の人たちに紛(まぎ)れて、立派にバイトをこなしてるんだ。

このクラスの誰よりも、実はしっかり者なのかもしれない。

「小瀬川くん、めちゃ頼りになるね」

「やばい、かっこいいんだけど」

ヒソヒソと囁かれる声。

桜人を見る、みんなの期待のこもった眼差し。

彼の後ろで板書しかしていない私のことなんて、視界の隅にも入ってなさそうで、じわじわと劣等感(れっとうかん)を覚えた。

美織はつまらなさそうに窓のほうを見ていて、杏はこそこそと机の下で何かやっている。

たぶん、こっそりスマホを操作しているのだろう。

桜人の活躍にクラス中が沸いている中で、ふたりだけが白けた雰囲気を醸し出していた。

そういえば、多数決にもふたりは参加していなかった。

そしてチャイムが鳴るや否や、申し合わせたように、揃って立ち上がる。

教室を出ていく直前で美織に冷たい目で見られ、胸がズキリとした。

美織は、たぶん私を困らせるために文化祭実行委員に推薦した。

彼女が見たかったのは、クラスをまとめることができなくて、あたふたする私の姿だったのだろう。

だから、桜人のおかげでクラスが思いがけず盛り上がって、おもしろくなかったのだと思う。

肩を寄せ合い、ヒソヒソと話しながら廊下へと消えて行く美織と杏を、私は複雑な気持ちで見送ることしかできなかった。

翌週、役割が決まり、放課後残れる人だけが残って作業をすることになった。

だけど、さっそく問題が起こる。

美織と杏が、まったく作業に参加しようとしないのだ。

「あいつら、一回も手伝ったことないんだぜ。部活だとか、忙しいとか言って。俺だって部活あるけど、時間作ってなんとかしてるのに」

ある日の放課後、私と桜人に向かって、斉木くんが捲し立てるように愚痴をこぼしてきた。

「この間みんなで文句言ったからか、今日は残ってるみたいなんだけど、さっそくいねえし。これじゃあ、残った意味ねえよ」

桜人もバイトで忙しいはずだけど、毎日のように残っていた。

光が先週退院したのもあって、私もできる限り毎日残っている。

もちろん、文化祭準備が始まってから、ふたりとも部活には行けていない。

クラスの大勢が、そんな状態だった。

放課後、文化祭準備のために、どうにか時間を作ってやりくりしている。

それなのに、美織と杏だけが好き勝手していたら、おもしろくないのも当然だ。

この状況に、どうしても責任を感じてしまう。

私ではない女子が文化祭実行委員だったら、ふたりはこんな態度は取らなかっただろうから。

「実行委員からちゃんと言ってくれよ。とくに水田は、あいつらと仲いいだろ?」

「……うん」

「頼んだぞー」

鈍感そうな斉木くんは、私が美織と杏と気まずいことになんて、まったく気づいてないみたい。

どうにかしないと、とは思うけど、ふたりの顔を思い浮かべただけで怖気づいてしまう。

「待てよ、まだ始まったばかりだろ？　もう少し様子を見ないか？」

すると、桜人が横から助け舟を出してくれた。

斉木くんが、不服そうに唇を尖(とが)らせる。

「待ったところで、あいつらが改心する気配はないけどな」

ちょうどそのとき、スマホを見てはしゃぎ合いながら、美織と杏が教室に戻ってきた。

手には、カフェオレのパックと、コンビニの袋。

どうやら、学校前のコンビニに行っていたみたい。

作業をしている面々には目もくれずに、ふたりは教室の隅にあるイスにドカッと座った。

そして手伝うどころか、おしゃべりに夢中になっている。

「くっそ、あいつら……！」

ふたりの自分勝手な振る舞いを目の当たりにして、斉木くんはすっかり頭に血が上ったらしい。

我慢がならないというように、ドシドシと大股でふたりの前まで歩み寄り、大声を上げた。

「お前ら、いい加減にしろよ！　みんなちゃんとやってるだろ？　やる気あんのか？」

美織が、ストローを口にくわえたまま、斉木くんに反抗的な目を向ける。

「やる気なんてあるわけないじゃない」

「はあ？　話し合いで決まったことだろ？」

斉木くんが声を荒らげると、杏は若干バツが悪そうな顔をしたけど、美織はまったく動じなかった。

「みんながみんな、ちゃんとしてるわけじゃないでしょ？　どうして私たちだけ非難されるわけ？　実行委員だって、小瀬川くんががんばってるだけで、もうひとりは何もしてないじゃん」

唐突に自分のことを言われて、胸を打たれたようになった。

もうひとり。

他人行儀な呼び方をされたことにも、ショックを受ける。

いつの間にか、クラス中が水を打ったように静まり返っていた。

誰も、何も言い返さない。

おそらく、美織の言ったことが、紛れもない事実だからだ。

実行委員としてみんなを引っ張っているのは桜人で、私は彼に言われたことを、そのままこなしてるだけ。

がんばらないとと思っても、どう人をまとめていいのかわからなくて、結局桜人のサポート的役割しかできていない。

「とにかく、実行委員すらちゃんとしてないのに、ちゃんとやれって言われる筋合いないから」

美織は強く言いきると、斉木くんの背後にいる私に視線を移した。

その目は、私を激しく拒絶していた。

冷たくされても、ここまでの露骨な嫌悪を、彼女から向けられたことはない。

喉が塞がれたようになって、立っているのすらしんどくなる。

やがて美織は、カバンを手に取り、怒った勢いそのままに教室を出ていった。

「美織、待って！」

その背中に、慌てたように杏が声をかける。

カバンをつかみ、一瞬だけ私と目を合わせた杏は、気まずそうにすぐに逸らした。

ふたりがいなくなったとたん、教室がシンと静まり返る。

みんなの意識が、私に向いているのがわかった。

汗ばんだ掌をぎゅっと握る。

「気にしないでいいよ、真菜。あんなの、言いがかりだよ」

夏樹が励ますように肩に手を置いてくれたけど、私は曖昧に笑い返すことしかできなかった。

「大道具係、そういえば買い出しリスト作った？」

桜人が何事もなかったように動き出し、やがてみんなも、我に返ったようにそれぞれの作業に戻っていく。

その光景を見ているだけで、また心がズキズキした。

桜人は、みんなをまとめてる。

だけど私は、まとめるどころか、チームワークを乱している。

悶々としていると、斜め後ろから視線を感じた。

振り返ると、ばっちり浦部さんと目が合う。

浦部さんは勝気な瞳でしばらく私を眺め、フッと逸らした。

それから、衣装担当の子たちの輪に戻っていく。

浦部さんが率いている衣装係は、手際がよく、文化祭準備に入って間もないというのに、驚くほど作業が進んでいる。

　私は、どうしようもないほどの劣等感に苛まれた。

　次の日の放課後、各クラスの文化祭実行委員が集う委員会が、視聴覚室であった。

　教室までの帰り道、人気のない渡り廊下で、思いきって先を歩く桜人を呼び止める。

「あの、話があるんだけど。ちょっといい……？」

「何？」

　桜人が、眉根を寄せながら足を止める。

　言い出しにくい話で、切り出すのをためらってしまう。

　桜人は、せかすことなく、私が口を開くのを待ってくれた。

「私、文化祭実行委員、辞めようかと思ってるの……」

　思いきって、ついに口にした。

　桜人の顔が、みるみる凄む。

「は？　どういうこと？」

「美織と杏があんな態度なのは、私が委員だからなんだと思う。美織と杏は、私のことをよく思ってないから。それに私、あまり役に立ててないし……。浦部さんが実行委員やりたいって言ってたから、代わったほうがいいと思うの」

　自分で言っておいて、情けなくなる。

だけどもう、私は限界だった。

桜人は険しい表情のまま、固まったように私を見ていた。そんな彼の反応に、なぜか罪悪感が込み上げてきて、視線から逃れるようにうつむく。

すると、頭上から低い声がした。

「……ふざけんなよ」

桜人のここまで怒った声を聞くのは初めてで、背筋がぞくっとする。

「逃げるなよ」

「逃げてなんか……」

「逃げてるだろ、こっち向けよ」

怖くて上を向けないでいると、力強く二の腕をつかまれた。

掌のぬくもりに呼び起こされるかのように、ビクリと顔を上げる。

間近に、怒りをにじませた茶色い瞳があった。

「この先も何か辛いことがあるたびに、そうやって逃げる気か？」

なぜか泣いているようにも見える桜人の顔から、縫いつけられたように目が離せない。

「逃げるなよ。どうしたら前に進めるか考えろ」

桜人にこんな厳しい態度をとられたのは、初めて話した日以来だ。

呼吸困難になって、まっ暗な海に沈んでしまいそうになった、あの夜。

「どうしたらって……、わかんないから悩んでるんじゃない」

彼の言ってることは正論だけど、だんだん腹が立ってくる。

私は、それをスムーズにこなせるほど器用じゃない。

なんでもできる桜人と私とでは、何もかもが違うんだ。

「あいつらと、ちゃんと話せよ。思っていることを、あいつらにぶつけたことがあるか？　自分を偽って接するから、そういうことになるんだろ？」

頭を、鈍器で殴られたような衝撃を受けた。

たしかに私は、いつも自分を隠して美織と杏と接していた。

母子家庭だということがバレたら、中学のときのように冷たい態度をとられるんじゃないかと怖くなって、一線を引いていた。

美織と杏は私が隠し事をしていることに気づいて、距離を置くようになった。

自分を偽ってる人間なんかと、仲良くなれるわけがない。

でも――。

やるせない思いが、今にも爆発しそうで、目尻に悔し涙が浮かぶ。

「……だって、自分を偽るしかなかったの」

絞り出した声は、みじめったらしく震えていた。

「お父さんが亡くなってから、お母さんは昼も夜も仕事してる。弟は病気で、しょっちゅう入院してて、気が抜けない。私は、家事と弟の世話をしてばかり。こんな笑えない家庭の事情、バレたら嫌がられるでしょ？　だから隠したかった」

こんなことを、心のままに、誰かに話したのは初めてだった。

緊張が解けたように、どっと涙があふれて頬をすべっていく。

桜人は、泣きながらわめく私を、虚を衝かれたように見つめていた。

二の腕をつかむ力が、徐々に緩んでいく。

やがて桜人は、先ほどの剣幕が嘘のように、力ない声を出した。

「……そんなことで、別に嫌がったりはしないだろ」

「中学のとき、嫌がられたことがあったの。それに桜人だって、今戸惑ってるじゃない」

すると、桜人の瞳にまた怒りが戻った。

何かを言いかけたあとで、彼はぎゅっと唇を引き結ぶ。

それから、逃げるように私の腕から手を遠ざけた。

「……戸惑ってなんかいない」

桜人は、息を整えて落ちつきを取り戻すと、ゆっくりと私を諭すように言った。

「お父さんは、家族のことを想いながら亡くなった。お母さんは、家族を想って働いてる。そして弟は、がんばって病気と闘ってる。真菜の家族は立派だ、誇りを持てよ」

濁りのない瞳に真っすぐ射貫かれ、私は目を瞠った。

そんなふうに思ったことは、今まで一度もなかったからだ。

人によってはそう見えるのかと、冷水を浴びせられたような気分になる。

「家庭環境を卑屈にしてんのは、自分自身だろ？」

桜人のそのひと言が、胸にズドンと刺さって、重く響いた。

――私、自身……？

涙で濡れた顔で、ひっくひっくとしゃくり上げながら、すがるように桜人を見上げる。

「とにかく、委員をやめるのは、俺が許さないから」

桜人は私の視線を断ち切るように顔を背けた。

水色のシャツの背中が、上靴が廊下にこすれる音とともに、校舎の奥へと遠ざかっていく。

夕焼け色に染まる渡り廊下に、ボロボロの私はひとり取り残された。

その日の夜、繰り返し桜人に言われたことを考えた。

美織と杏が、中学のときの友達と同じ態度をとるとは限らない。

過去の経験を言い訳にして、母子家庭であることを受け入れてもらえないと、私は勝手に決めつけていた。

私は、桜人の言うように、逃げていただけなのかもしれない。

向き合わないといけないのは、お母さんでも光でも美織でも杏でもなく、臆病な自分自身だったとしたら……。

玄関扉の開く音がした。

ふすまを微かに開けてのぞき見ると、お母さんが玄関先で靴を脱いでいた。

時計の針は、夜の十二時すぎを指している。

疲れた様子でダイニングチェアに座り込むお母さんを見ていると、心がズキリと痛んだ。

テーブルの上に置いている夜ご飯に、ぼんやりと目を馳せるお母さん。

今日の夜ご飯は、和風ハンバーグに、マカロニと卵たっぷりのポテトサラダ、えのき茸と玉ねぎのお味噌汁だ。

ちなみに和風ハンバーグは、お母さんの大好物。

私の作ったご飯を見て、お母さんが、表情を和らげたように見えた。

「……ありがとう、真菜」

小さな呟きが耳に届いて、泣きそうになる。

――『真菜の家族は立派だ、誇りを持てよ』
耳に残っていた言葉が、強く心を揺さぶった。
――『逃げるなよ。どうしたら前に進めるか考えろ』
桜人の声は、ひと晩中私の頭の中で響いて、消えることはなかった。

次の日、私は朝から、美織と杏と話す機会をうかがっていた。

だけど勇気が出ないまま、放課後になってしまう。

クラスメイトと揉めた日以来、放課後の作業にまったく参加していない美織と杏は、今日もホームルームが終わって早々に教室を出ていく。

その姿を見て、焦りが込み上げる。

――『この先も、何か辛いことがあるたびに、そうやって逃げる気か？』

桜人の昨日の声に後押しされるように、気づけば私は、教室を飛び出していた。

「……待って！」

廊下を駆け、階段を下りようとしていた美織と杏の背中に、声を投げかける。

ふたりは足を止めると、怪訝そうに私を振り返った。

冷たい視線に、また怖気づきそうになったけど、どうにか自分自身を奮い立たせる。

このままじゃだめだ。

逃げたままでは、誰かのせいにしたままでは、何も変わらない。

「……今まで、ごめん」

こぶしを握りしめながらポツンと言葉をこぼすと、ふたりは「え？」というように顔を見合わせた。

「美織も杏も私と仲良くしてくれたのに、ノリが悪くて……」

「今さら何言ってるの？」

だるそうに、美織が言う。

「どうでもいいから、もう帰るね」

半笑いを浮かべ、今にも背を向けそうになっているふたりに、勇気を振り絞って打ち明けた。

「――うち、母子家庭なの」

ふたりが、同時に体の動きを止める。

それから表情を凍らせると、私に視線を戻した。

「お父さんは小学校の頃に亡くなって、うちは貧乏で、お母さんは一日中働いてる。弟がひとりいるんだけど、体が弱くて入退院を繰り返していて……」

ずっとふたりに秘めてきたことを、今、言葉にしている。

そう思うと急に怖くなって声が震えたけど、息を吸い込み、気持ちを持ち直した。

「中学のとき、母子家庭だってことが知られて、いじめられたことがあるの。だから、高校でも同じことが起こるんじゃないかって、ずっと不安だった。そして気づいたら、誰にも心を開けなくなってた」

誰に、どう思われたっていい。

堂々と胸を張って、自分の家庭事情を受け入れていたらよかった。

中学のときの友達だけが悪いわけじゃない。

卑屈になってしまったのは、私の弱い心も原因なんだ。

「ふたりと本当は仲良くしたかったし、今だって仲良くしたい。私が気に食わないのは、わかってる。でも私は、文化祭実行委員をこれからも続けたいって思ってるから」

もう、逃げたくはないから――。

「だから、少しだけ、クラスに協力してほしい」

長い、沈黙が訪れた。

廊下の真ん中で立ち尽くす私たちの横を、放課後のはしゃいだテンションで、生徒が何人も通りすぎていく。

「……何、それ。意味わかんない」

やがて、イラ立ったような口調で美織が言った。

「母子家庭だからって、そんなこと思ってたわけ？　私も中学まで母子家庭だったけど、そんなふうに思ったことないんだけど」

「え……？」

「今はもう、お母さん再婚してるから、母子家庭じゃないけど……」

バツが悪そうに、美織が言葉を濁す。

ひとつ間を置いて、「ずっと……」と美織が改めて切りだした。

「ずっと真菜は、私たちと一緒にいることが、しんどいんだろうなって思ってた。仲良くなりたかったけど、真菜は全然心開いてくれなくて、なんかだんだんムカついてきて……」

美織の声が、尻すぼみになっていく。

「私たちこそ、真菜に辛い思いをさせてたと思う。わざと話に入れなかったり、無視したり……」

「……うん、ごめんね」

隣で、杏も申し訳なさそうに呟いた。

「それに、委員に推薦したのも嫌がらせ。真菜、仕切るのとか苦手そうだから、困らせたくてさ。なのに真菜はちゃんとやってて、ますますムカついて、意地になってたんだ」

思いがけない美織の告白に、私は困惑した。

「でも、私は何もしてないから……」

「みんなを引っ張ってはないけど、裏方がんばってるじゃん？　予定表やリスト作ったり、会計したり。それでいいんじゃない？　小瀬川くん、ああ見えて仕切るのうまいし、任せて大丈夫だと思う。それに、浦部さんとかめっちゃやる気だし、なんなら私もがんばるし。ていうかずっとやりたかったし、お化け屋敷なんて超楽しそうじゃん」

「あー、美織、ついに言えたね」

杏が、安心したようにクスクス笑ってる。

「そうだったの……？」

放心状態で見つめると、美織は微かに顔を赤くした。

「……うん。真菜は、陰でみんなを支えればいいと思う。そういうこと、私はできるタイプじゃないから、逆にすごいって思ってる。……前はムカついて意地悪言ったけど、本当はそう思ってたの。できるとこできないとこ、みんなで助け合いながら、補っていけばいいんじゃない？」

美織の拗ねたような笑顔を見ているうちに、目元が潤んで、視界がぼやけていた。

どうして、もっと早く気づかなかったんだろう？

美織も杏も、こんなにいい子だったのに。

桜人に言われなかったら、ふたりとの思い出は、私にとって一生辛いものになっていたはずだ。

誤魔化すように洟をすすり、さりげなく目に浮かんだ涙をぬぐう。

美織の目元も潤んでいるように見えるのは、気のせいじゃないと思う。

「……教室に戻ろ」

そう言って微笑むと、ぎこちなくだけど、美織と杏は頷いてくれた。

久しぶりに、三人並んで廊下を歩く。

「ていうか私と杏をお化け役にしたの、真菜？　勝手にお化け役のところに名前があったんだけど」

「違うよ、多数決で決まったの。ふたりが希望言わなかったから」

「えー、何それ。私たち、いったいどういうイメージよ」

「嫌なら代えてもらう？」

「いいって、真菜！　大丈夫！　美織、本当はお化け役、めっちゃやる気なんだから」

「ちょっと杏、そこは秘密にしといてよね！」

窓の外を見れば、朝からポツポツと降っていた雨がやんで、晴れ間が広がっていた。

雨上がりの空は、先ほどまでのじめじめとした世界が嘘のように、からりとして清々しい。

私たちは、どことなくぎくしゃくしながらも、今までの隙間を埋めるように会話をして、クラスメイトが待つ教室へと戻った。

美織と杏が文化祭準備に協力的になったとたんに、クラスの空気が一変した。

もともとしっかりしているのもあって、美織はみんなをテキパキと仕切っていく。

それになぜか浦部さんが闘志を燃やして、ふたりで仕切り争いみたいになっていた。

だけどおかげで、作業は予想以上のペースで進んだ。

桜人はバイトに行ったのか、今日は見当たらなかった。

だから、質問事項は全部私にやってきたけど、困ったときは夏樹や杏がそっと助言してくれて——その日の作業は、すごくいい雰囲気で終わった。


学校を出て、いつものバスに乗る。

窓越しに見える夕暮れの街は、透き通った藍色に染まっていた。

見慣れた景色が、今日はいつもより澄んで見える。

家の最寄りのバス停がアナウンスされ、座席に置いたカバンを手に取ろうとしたけど、ふとためらった。

どうしても、今日のことを桜人に伝えたくなったのだ。

桜人とは、昨日気まずい状態で別れたきり、話をしていないのも気になっていた。

このままバスに乗り、病院近くのバス停で降りれば、バイト先のカフェで桜人に会えるかもしれない。

最近は帰りが遅いから、夕食は学校に行く前に用意してる。

だから私が帰ってこなくても、光は勝手に食べるだろう。

私は気持ちを固めると、座ったまま、いつものバス停が遠ざかっていくのを窓から見送った。

K大附属病院前で、バスを降りる。

片道二車線の大通り沿いに、デニスカフェは、今日も煌々(こうこう)と明かりを灯して佇んでいた。

窓からそうっと中をうかがったけど、桜人がいるのかどうかはっきりしない。

カウンターの奥にでもいるのかと思って、背伸びをしたり、見る角度を変えてみたりしたけど、よくわからなかった。

カフェの前で怪しい動きをしている私を、道行く人が、不審な目で見ながら通りすぎていく。

いたたまれず、思いきって中に入ってみることにした。

自動ドアが開くと、コーヒーの香りがむんと濃くなる。

ひとりでカフェに入ったことなんて、今まで一度もない。

生まれて初めての経験に、ドキドキと胸が高鳴った。

「いらっしゃいませ。こちらでご注文をどうぞ」

顎髭がダンディーな男性店員さんに、カウンター前に案内された。

どうやら、レジで先に注文して、受け取ったメニューを自分で席まで運ぶシステムみたい。

頼んだのは、アイスティーのストレート。

透明のカップに入ったそれを受け取り、適当な席に座った。

夜七時の店内は、まずまず人が多い。

ノートパソコンと向かい合っているスーツ姿の人、大学生っぽい賑(にぎ)やかなグループ、年配の夫婦など、客層は幅広かった。

「おい」

初めての空気感に緊張しつつ、ストローでアイスティーを飲んでいると、横から焦ったような声がする。

「こんなところで、何やってるんだよ?」

それは、桜人だった。

こうやってカフェの制服を着ているところを見ると、やっぱり高校二年生とは思えないほど大人っぽい。

「よかった、いた」

ようやく会えた安堵から、思わず頬が緩む。

すると桜人は、怒ったように私から視線を逸らした。

「バイトしてんだから、いるのは当然だろ？　ていうか早く帰れよ、外もう暗いだろ」

突き放すような話し方をする桜人を、先ほどのダンディーな店員さんが、興味深そうに見ている。

「どうしても、桜人に言いたいことがあって……」

そう告げると、桜人は怒った顔をしつつも、黙って聞く姿勢を見せてくれた。

「桜人に言われたとおり、今日、美織と杏と話したの。そしたら、お互いの誤解が解けて、すごくいい雰囲気になった。美織も杏もやる気出してくれて、今日の作業、すごくはかどったんだよ」

桜人はしばらく無言だったけど、やがて「そっか、よかったな」とボソリと呟く。

「うん。言われなかったら、私、一生逃げてたと思う。桜人のおかげだよ。本当にありがとう」

気持ちを込めて、精一杯の笑みを浮かべると、桜人は気まずそうに目を伏せた。

「別に……。がんばったのは、俺じゃなくて真菜だから」

拒絶するような言い方だったけど、その言葉には、にじみ出るような優しさがあった。

　今になって、ようやく気づいたことがある。

　桜人は、たぶん、私が今までに会った誰よりも優しい。

　無愛想で、ときに厳しくて、ぶっきらぼうで、わかりにくいけど。

　まるで陽だまりのような、あたたかな優しさを秘めている。

「昨日、ごめんね。また泣いちゃって」

　桜人には、情けない姿を見られてばかりだ。

　美織と杏と仲たがいして非常階段で泣いたときなんて、鼻水もズビズビだったし。

「桜人には、かっこ悪いところを見られてばかり……」

　すると、「は?」と桜人が顔をしかめる。

「自分のこと、かっこいいって思ってたの?」

「そういうわけじゃないけど……」

「真菜のこと、初めからかっこいいなんて思ってないから。だから俺の前で、かっこつけようとなんかするな、これからも――」

　何かを言いかけて、桜人は言葉を止めた。

　それから「とにかく、早く帰れよ」と言い残して、私のそばから離れていく。

　カウンターのほうへと遠ざかる彼の背中を見ているうちに、いつしか顔が熱を帯びていた。
彼はいつも、私の背中を押してくれる。
ときに厳しく、ときに優しく。
臆病でちっぽけな私に、手を差し伸べ、さりげなく寄り添ってくれる。
グラグラな私の足元を、正してくれる。
動揺を抑えるように、残りのアイスティーを、一気に飲みきった。
この感情がどういうものか気づかないほど、十六歳の私は、もう子供ではなかった。

夕凪（ゆうなぎ）

桜人side

「ありがとうございました〜！」

店長の声が、店内に響き渡った。

ちゃんと飯を食べてるのかと不安になるくらい細い背中が、自動ドアの向こうに遠ざかっていく。

夜の闇に紛れる彼女を、通りすがりのサラリーマン風の男が、ちらりと振り返った。

その様子に、軽いイラ立ちを覚える。

――心配だ。

日はどっぷり暮れてるのに、あんな細い体で、ひとり歩きなんて。

でも仕事はまだ残っているし、俺がどうにかしてやることはできない。

もやもやとした気持ちを心の中で押し殺していると、店長が近くに寄ってきた。

「見送らなくて大丈夫だった？　あの子、友達なんでしょ？」

「大丈夫です」

「大人しそうな、かわいい子だったね。もしかして、小瀬川くんの彼女？」

「……そんなんじゃないですよ」

言葉で抵抗しつつも、顔に熱が集まっていく。

俺は赤らんだ顔を隠すように、テーブル拭きに集中した。

「なんだ。いつも礼儀正しい小瀬川くんが、不思議とあの子にだけは冷たかったから、ははん、もしかしてツンデレ？って思ったのに」

「だから、そういうのほんといいんで……」

この店長、やたらと俺にばかり絡んでくるのはなんでなんだろう。

話好きなバイトは、他にいくらでもいるのに。

俺が話を避けたがると、店長はますます楽しそうに近づいてくる。

思うに、ただのＳ（サド）だ。

「店長！　レシート交換って、どうやるんですか？」

「ああ、教えてなかった？　はいはい」

レジに入っていた新人バイトが、店長を呼んでくれたおかげでどうにか救われた。

俺はホッと息を吐くと、客席の中ほど、彼女が座っていたテーブルの片づけに取りかかる。

暇を持て余していたのか、ストローの袋が、じゃばら折りにされている。

子供が帰ったあとみたいなその残骸を見て、少し笑いそうになった。

『よかった、いた』

俺を見つけるなり、そう言って微笑んだ彼女の顔が、頭にはっきりと残っている。

俺の目には白く光り輝いて見えたそれは、これ以上ないほど心を揺さぶった。

もっと、笑えばいい。

澱んだ俺の世界が、真っ白な光で埋め尽くされるほどに。


それからしばらくして、梅雨が完全に明けた。

まれに見る、遅い梅雨明けだったらしい。

ほぼ同時に、高校二年の夏休みが始まった。

グラウンドの脇に植えられた木々から、蝉の声が甲高く鳴り響く、うだるような暑さの日。俺は、文芸部の部室にいた。

川島部長、谷澤さん、真菜、そして一年の田辺。

夏休みだというのに、全員きっちり顔を出している。

文芸部では、毎年文化祭に合わせて文集を発行しているため、夏休みの間に、部員それぞれが作品を用意しなければならない。

作品は、小説でも、詩でも、和歌でも、なんでもいい。

すでに作品を完成させている部員は、原稿以外の部分——表紙のデザインだとかを話し合っていた。

作品がまだ書けていないのは、真菜だけだ。

真菜は今、テーブルでひとり、原稿用紙に向かっていた。

肩までのサラサラの髪を指にくるくる巻きつけながら、苦渋の表情を浮かべている。

クーラーのない部室では、代わりに扇風機をガンガン作動させているけど、窓からの熱風にすぐに涼風がかき消されてしまう。

どこからともなく聞こえるミンミン蝉の鳴き声が、暑さに拍車をかけていた。

開け放った窓の向こうは、青空高く、入道雲(にゅうどうぐも)が伸びている。

「今年は部員が少ないから、ボリュームが減って、物足りなくなるかもしれませんね」

どんなに暑かろうと、蝉がうるさかろうと、いつもと変わらないロボットみたいな口調で、川島部長が言った。

谷澤さんが、からりとそれに答える。

「部長の小説で、だいぶ厚みが取れるから、ボリュームのことは気にしなくていいんじゃないですか？　ちなみに田辺くんは、何作品載(の)せるの？」

「……三作品です」

額の汗をタオルハンカチで拭きながら、おどおどと言う田辺。

「すごーい」

谷澤さんが賞賛の声を上げると、田辺は照れたように首の後ろをかき、それから俺を見た。

「小瀬川先輩は、どれくらいの文量なんですか？」

原稿用紙と格闘している真菜に、意識を半分持っていかれていた俺は、その声で我に返る。

「たぶん、去年の半分くらい」

田辺が、すかさず「ええっ」と声を上げた。

「去年も短かったのに、その半分って！　俳句かなんかですか？」

「別に、なんでもいいだろ。文字数に決まりはないんだから」

「でも、あんまり短いのはやめてくださいよ。先輩のメンツを保ってください」

「先輩のメンツってなんだよ。長けりゃいいってもんじゃないんだぞ」

いつもはおどおどしているやつだが、男同士のせいか、田辺は俺には容赦ない。

そんな俺たちのやりとりを、谷澤さんがおもしろがるように腕組みをしながら見物している。

「水田さんは、どれくらいの長さになりそうですか？」

川島部長が、眼鏡の真ん中をクイッと持ち上げて、今度は真菜に問いかけた。

真菜の原稿用紙は、相変わらず白紙のままだ。

ずっと様子を見ていたけど、一時間近く、一文字も書けていない。

「まだ決まってないです……」

「何にするの？　小説？　詩？」

谷澤さんが、言葉を挟んできた。

「小説も詩も書けないから、さっき夏樹が言ってた、エッセイにしようかなって思ってる」

自信なさげに、真菜が答えた。

エッセイとは、過去の思い出なんかについて、感じたことや頭に浮かんだことを書いたものだと、先ほど谷澤さんが真菜に説明していた。

「エッセイを書くのに、何をそんなに悩んでいるのですか？」

川島部長が、心底不思議そうに言う。

「何を書いたらいいかわからないんです」

「そんなこと、あるんですか？」

天然記念物でも見るような川島部長の眼差し（まなざし）に、真菜は露骨（ろこつ）に傷ついた顔をして、

「あるんです……」と答える。

田辺が、俺の隣でうんうんと頷いた。

「僕も……、一時間も何も書けないなんて、経験したことがないですね……」

川島部長と田辺の無慈悲な攻撃に、真菜はみるみる青ざめる。

すがるように、真菜が谷澤さんに問いかけた。

「夏樹も、そうなの？ すぐに書けるの？」

うーんとうなって、「人よりは早く書けちゃうほうかなあ……」と谷澤さんが言いにくそうに口を開く。

打ちひしがれた様子の真菜は、そこでようやく、俺に顔を向けた。

「桜人は……？」

「俺は、得意じゃないよ。でも――」

一度言葉を止め、文章を書いているときの自分を思い出す。

「心に深く残っている思い出についてなら、いくらでもスラスラ書ける。そのときの思い出に身をゆだねたら、何も考えずに、自分の気持ちを素直に文字にできるんだ」

あの夏の日の残像が、俺の脳裏をかすめる。

些細なたわむれだったけど、俺は今でもあの日のことを繰り返し思い出す。

「心に深く残っている思い出……」

ぼんやりと宙を仰ぎながら、真菜がつぶやく。

それから彼女は、真っすぐに俺を見て言った。

「……書けるかもしれない。帰ってから、考えてみる」

「そっか。がんばれよ」

そう答えると、真菜ははにかむように微笑んだ。

純真な笑みが、俺の心をズキリと傷つける。

もしも君が、あの日のことを思い出したなら。

俺はもう、君の近くにはいられない。

夕月夜（ゆうづきよ）

　空に上弦（じょうげん）の月が浮かぶ、七月下旬の夜。

　私は自分の部屋の机で、原稿用紙に向かっていた。

　２ＬＤＫの我が家にふたつある部屋は、私と光がそれぞれ使って、お母さんはリビングに布団を敷いて寝ている。

　薄い壁越しに、「ああ、くそっ」だとか「おしい〜！」とかいうゲーム中の光の声がときどき聞こえた。

　開け放った窓からは、ジーという虫の鳴き声が響いている。

　文芸部に入ってから、夏樹に勧められて、たくさんの本を読んだ。

　家でも持ち帰った本を読みふけっているから、急にどうしたの？ってお母さんが驚いている。

　でも、文章を書くのは、やっぱり得意じゃない。

　今日の文芸部でも、文集に載せる作品が私だけ仕上がってなくて、焦りでどうにかなりそうだった。

　私なんかがここにいていいのかなって、また不安になった。

だけどそんなとき、まるで私の気持ちをわかっているみたいに、桜人がアドバイスをくれた。

心に深く残っている思い出を書けばいい。

そのときの思い出に身をゆだねたら、自分の気持ちが素直に文字になるって。

彼の言葉は、いつだって嘘がなく真っすぐだ。

だから私は、彼を信じることにした。

目を閉じて、桜人が教えてくれたように、心に深く残っている思い出に身をゆだねる――。

あたりの音が遠のき、私はいつしか、お父さんを亡くした日の夕暮れの世界にやってきていた。

悪性(あくせい)リンパ腫(しゅ)の治療後、容態(ようだい)が安定していた中の急死だった。

もう動くことのないお父さんと対面したとき、お母さんは膝から床に崩れ落ち、ベッドの脇で泣き伏した。

まだ五歳だった光も、不穏(ふおん)な空気を感じとったのか、手がつけられないほどわんわん泣いた。

私は涙を流すことも忘れて、光を泣き止ませるのに必死だった。

だけどらちが明かなくて、小さな手を引いて、無我夢中(むがむちゅう)で病室から連れだす。

病院前のロータリーは、夕日色に染まっていた。

燃えるようなオレンジの景色が、胸に迫る。

強くなれ、と急き立てる。

お母さんと光を、守れるように――。

突然、何かが体に入り込んできたみたいに、シャーペンを持つ手がスラスラと進んだ。

それからはもう、ただひたすらに、懸命に文字を紡(つむ)いでいた。

「できた……」

気づいたときには、隣の部屋から光の声がしなくなっていた。

時計を見ると、もう十一時を過ぎている。

きっと、寝てしまったのだろう。

ようやく書けた初エッセイは、原稿用紙五枚ほどだった。

お父さんとの思い出、そしてお父さんを亡くした日の想いが、つらつらと、心のままに書き連ねてある。

明日、文芸部でみんなに見せよう。

桜人は、なんて言うだろうか。

翌日。

「いいですね」

書き上げたエッセイを読み終えるなり、川島部長が眼鏡をクイッとやって言った。

「情景描写が心情に呼応していて、すばらしいです」

「本当ですか……？」

「はい。文法もちゃんとしてますし、これなら先生のチェックも通るでしょう」

めったなことでは人を褒めなさそうな川島部長に褒められると、すごくうれしい。

顔を輝かせていると、脇からエッセイをのぞき読みしていた田辺くんが、ぱちぱちと目を瞬かせながら言った。

「夕日の表現とか、最高ですね。清少納言（せいしょうなごん）っぽい」

「清少納言……？」

それは言いすぎと思いつつも、悪い気はしない。

「真菜、上手！　初めて書いたなんて思えない！」と、夏樹も絶賛してくれている。

こんなに人に褒められるのは、いつぶりだろう。

すると、テーブルに置かれた原稿用紙を、桜人がひょいと手に取った。

そのまま、じっと読みふけっている。

窓からの光が、私の書いた文字を目で追う彼の横顔を照らしていた。

川島部長に読まれるときよりも、ずっとドキドキする。

読み終えた桜人は、もとあった場所に原稿用紙を戻すと、「よく書けてると思う」と静かに言った。

素(そ)っ気(け)なくはあるけど、褒められたみたい。

ほのかに夢見心地(ゆめみごこち)になっていると、スマホを操作していた夏樹が、画面をこちらに差し出してくる。

「これ、出してみたらどう？　地域のエッセイコンテスト。文字数もちょうどいいし」

「コンテスト？」

話の飛躍(ひやく)に、困惑してしまう。

「初めて書いたものだし、それは大げさだよ」

「初めてだから、逆にいいんじゃないかな。ちなみに大賞取れば、十万円だよ」

詰め寄る夏樹を、私は両手で制した。

「そんなの、落ちるに決まってるから！」

「別に落ちたら落ちたでいいんだし、出してみたら？」

すると田辺くんが、いつになく強い口調で話に入ってくる。

「僕も、こういうのしょっちゅう送ってますよ。出さなければ、何も始まらないじゃないですか」

「始まるって？」

「小説家への道ですよ」

「……田辺くんは、小説家になりたいの？」

「もちろんです。部長もですよね？」

川島部長は、本から顔を上げないまま答える。

「はい。私は、ミステリー作家志望ですけど」

ふたりのなにげない会話に、私は思いがけず、置いてけぼりをくらった気分になった。

田辺くんも、川島部長も、ちゃんとした夢があるんだ。

目先のことだけを考えて生きている私とは、大違い。

急に、何も目標を持たない自分がみじめな存在に思えてくる。

「で、どうする？　出すの？」

夏樹に改めて聞かれ、降って湧いた動揺を隠すように、私は作り笑いをした。

「ううん。今回はやめとく。文集用に書いたものだし」

「そっか。じゃあ、気が変わったら言ってね。締め切りまでまだ少しあるし」

「わかった。ありがとう」

その後は、印刷の日取りについて、話題が移っていった。

桜人は、気だるげにテーブルに頬杖をついて、黙って部長の声に耳を傾けていた。

そういえば、彼は今年どんな作品を書いたのだろう。

気になったけど、まあいいかと思い直す。

文化祭の日の楽しみに、取っておこう。


七月が終わり、八月に突入した。

文芸部のあれこれは片づいたけど、今度はクラスの文化祭準備のために、週に二日学校に行かなければならなくなった。

夏休みはゆったりペースで作業を進めて、九月に最終仕上げに入り、十月初旬の文化祭を迎える計画だ。

その日も、クラスでの作業は和気あいあいとしていた。

文芸部の部室とは違い、教室にはクーラーがあるので快適だ。

「わ、すごい似合う！」

「ほんとだ！　ぴったり！」

美織が仕上がったお化けの衣装を試着すると、クラス中が一気に盛り上がる。

いかにもという真っ白な浴衣に、ユーレイのトレードマークである三角の布を頭につけた美織は、不服そうに真ん中に立っていた。

いた。

「こんな格好が似合うとか言われても、うれしくないんだけど」

とか言いつつ、さりげなく鏡を見ながら髪を乱し、自らユーレイっぽさを演出して

そんな美織がかわいくて思わず笑みを浮かべていると、咎めるように睨まれた。

「ちょっと真菜、今、笑ったでしょ！　今から代わってもいいんだからね！　前に、お化け役代わろうかって言ってたじゃない」

代わろうかではなく、代わってもらう人を探そうかという意味で伝えたことはあるけど、美織は勘違いしてるみたい。

「代わろうか、とは言ってないから！」

慌てて否定したけど、「ええ、水田がお化け役？」とざわついているまわりには、私の声など届いていない様子だ。

すると斉木くんが、ガハハと笑いながら言った。

「水田ちっこいから、女ユーレイって言うより、妖怪みたいになりそうだな！」

とたんに、教室が明るい笑いに包まれた。

背後にいた杏が私の頭を撫でながら、「ええ～、絶対かわいいよ。怖くなさそうだけど」とおもしろ半分に言う。

みんな、やいのやいのと好き勝手なことを言って、結局その話は流れてしまった。

日々、こんなやりとりの繰り返し。

ときにからかい合い、ときに言い合いになりながら、なんとなく作業が進んでいく。

でもそんな空気感が、クラスがひとつになっていることを教えてくれる。

そして、自分がその中にいることも。

楽しそうに作業をしているクラスメイトを眺めているうちに、ふと充実感が胸を駆け巡った。

美織と杏と気まずくなり、夏樹とも仲良くなかった頃は、この教室にいると、息が詰まって死にそうだった。

今みたいに、いるだけで心が和むような場所になるとは思ってもいなかった。

教室の隅で、数人の生徒と話している桜人に目をやる。

みんなを上手に采配し、的確に、まんべんなく指示を出す桜人は、今ではすっかり頼りにされている。

ある意味、ちょっとズレているところがある増村先生より一目置かれていた。

同年代とはいえ、なんだかお兄さん的な立ち位置にいる。

「水田さん」

桜人を見ながら物思いにふけっていると、声をかけられ、我に返った。

茶色の巻き髪を今日はポニーテールにしている浦部さんが、茶封筒を片手に立っている。

「これ。材料の買い出しに行ったから、レシートとお釣り」

「ちょっと待ってね、確認するから」

文化祭の出し物の会計は、私が担当している。

買い出しに行く前に見積もりを出してもらい、少し多めの額を渡し、お釣りとレシートを貰うという方法でやっていた。

お金は先生が管理しているので、都度先生を探してお金を貰ったり、お釣りを返したりしないといけないのが、けっこう大変だったりする。

「うん、ぴったり。ありがとう」

確認を終えて顔を上げると、じっとりと私を見つめている、メイクばっちりの瞳と目が合った。

「最近聞いたんだけど、水田さんと小瀬川くん、同じ文芸部なんだってね。ていうか文芸部なんてあったこと、知らなかった」

非難するような口調で、浦部さんが言う。

「私、小瀬川くんのこと諦めてないから。そのうち告白するつもり」

言い残すと、浦部さんは、短めのスカートをひるがえして私の前からいなくなる。

レシートを手にしたまま、私はしばらくの間、そこから動けないでいた。

もやもやとした焦りが、喉の奥を蝕んでいる。

誰と誰が付き合った、別れたなんて噂を、最近よく耳にする。

そういう気持ちが、高二になった今も、私にはよくわからない。

好きな人がいても、それ以上どうこうしたいとは、思ったことがないからだ。

ただ、そばにいたいだけ。

声を聞いていたいだけ。

いろんな顔を、仕草を見ていたいだけ。

だけどあの不器用な優しさを、この先誰かが独占することがあるのかもしれないと思うと——たまらなく、胸がじくじく痛んだ。


明日からお盆休みに入る日、文化祭準備は、いったん落ちついた。

お盆が明けてからは集まりがないから、次にみんなと会うのは九月になる。

その日、私と夏樹は、学校帰りにコンビニでアイスを買って、近くの公園のベンチでカンパイをした。

「お疲れ！」

私はソーダアイスで、夏樹はイチゴのかき氷アイス。

住宅街の真ん中にある、ジャングルジムとブランコだけがあるこの公園には、うだるような暑さのせいか、今は人っ子ひとりいない。

私たちがいるベンチは、伸びたクヌギの木が枝葉を広げているおかげで、ちょうど陰になって涼しかった。

作業も落ちついたし、枝葉越しに見える青空のように、気分も晴れやかだ。

「がんばったあとのアイスは、最高においしいね」

「うん、ほんと最高！　あ、真菜のアイス、ちょっとだけちょうだい。私のもあげるから」

「いいよ」

夏樹とアイスを交換し、中にイチゴのかき氷が入った棒つきアイスをシャリッと食べる。

「あ、これおいしい」

懐かしい味がして自然と笑顔になった。

そんな私を、夏樹がまじまじと見つめてくる。

「真菜って、変わったよね」

「え、そうかな？」

「うん、変わった。そんな笑顔、同じクラスになった頃は一度も見たことなかったもん。最近は、教室でもよく笑うよね」

「……夏樹のおかげだよ」

「やっぱり？」

照れたように、夏樹が笑う。

──それから、夏樹には恥ずかしくて言えなかったけど、桜人のおかげでもある。

桜人にガツンと言われなかったら、美織と杏とは仲直りできてなかったし、私はいまだ、重苦しい学校生活を送っていただろう。

「夏樹も変わったよね。女の子としゃべるようになった」

『谷澤さんって意外と親しみやすい』という声を、文化祭準備が始まってから、あちこちで耳にするようになった。

「あー、それは完全に真菜のおかげ。だって真菜といたら、美織や杏とも話すようになって、気づいたら女子の輪の中に入ってた感じ」

てへへ、と頭をかいたあとで、「お互い変わったってことで、もう一度カンパイしとこっか」と夏樹が照れを誤魔化すようにアイスをかかげた。

私たちは笑い合いながら、再びアイスでカンパイをした。

シャリ、シャリ。

私と夏樹がアイスを食べる音が、蝉しぐれに混ざり、公園に響く。

まだ食べ終わりそうにないのに、暑さのせいで、アイスはどんどん溶けていく。

「高二の夏休みも、あと少しだね」

先にアイスを食べ終わった夏樹が、しんみりと言った。

「うん、あっという間だった」

急にもの悲しい気持ちになっていると、夏樹も同じことを思っていたようで、改まったように聞いてくる。

「そういえば真菜、部活、いつまで続けるの？」

うちの高校では、二年の秋頃から、本格的に受験勉強に入るため、部活を辞める人がちらほら出てくる。

いつまで部活を続けるか？というのは、このところ、クラスでも話題に上がっていた。

「卒業まで続けるよ。そもそも、大変な部活じゃないし」

わずか五名の、ユーレイ部員でも許されるような部活だ。

「そっか。私は、今年いっぱいで文芸部を辞めるつもり」

「そうなの？」

「受験勉強に本腰を入れることにしたんだ」

「へぇ……。難しいところ、目指してるの？」

文系なら、三年の秋頃まで続ける人がほとんどだ。それをあえて二年の冬に辞めてしまうということは、受験勉強が大変な大学を狙っているのだろうか？

「医学部に入りたいの。子供の頃から、ずっと医者になりたいって思ってたから」

そう言って、夏樹は空を見上げる。

飛び立つ前の水鳥のようなその姿を、私はすごく、きれいだと思った。

「そうだったんだ。がんばってね、応援してる。夏樹ならできるよ」

心からそう思った。そうなってほしいと思った。

すると夏樹はまた照れたように笑って、「真菜は、卒業後どうするの？」と問い返してくる。

「私？　私は就職する」

これは、ずっと決めていたことだった。

母子家庭の我が家では、進学するより、就職するほうがよほど助かるからだ。

川島部長や田辺くん、そして夏樹みたいに夢もないし。

だけどそう答えたとき、夏樹の凛とした眼差しに揺さぶられたように、エッセイを書いた夜のことを思い出した。

まるで別の自分が体に入り込んできたみたいに、秘めた思いを、一心不乱で原稿用紙に綴った。

心が躍るような、全身の血が沸き立つような、他では味わえない感覚だった。

あのとき、気づいたんだ。

私は、文章を書くことが好きなんだって。

私の胸の内には、数多くの想いが眠っている。

言葉で言い表すのは苦手だから、それを文字として紡いで、翼を与えて放ってあげたい。

文芸部に入ってから出会った、数々の外国文学や、古典文学。

桜人が好きな、〝君がため〟の和歌。

そして、彼の紡いだ詩。

文字は、今しか抱けない特別な思いを、紙に留めてくれる。

永遠に、そのときのままに。

それは、とても尊いことのような気がした。

「そっか。卒業してからも、絶対に会おうね。……って、まだ先の話だけど」

思いを巡らせていると、夏樹の声が降ってきた。

我に返った私は、慌てて、「うん」と笑顔を返す。

「それにしても、暑いね」

うまく、笑えただろうか。

心配になり、誤魔化すようにアイスの最後のひと口を口に放り込む。

すっかり溶けていたそれは、瞬く間に液体になって、口の中で消えてしまった。

お盆が明けて、一週間が過ぎた。

夏休みもいよいよ終わりそうな日、私は光につき添って、病院に来ていた。

今日は、光の定期検診だ。

検査のあとで、診察室に行き、お医者さんの話を聞く。

光の容態は落ちついているけど、油断はならないと、お医者さんは言っていた。

そのためには、日頃から発作が起こらないよう、万全を期すことが大事だとも。

診察が終わってから、エレベーターを目指して廊下を歩んでいると、見知った看護師さんと出くわした。

ショートカットで少しふくよかな、四十代くらいの女の人。

光が入院するたびに、お世話になっている近藤さんだ。

近藤さんは、光を見つけるなり、明るく声をかけてきた。

「光くん、元気そうね！」

「近藤さん、こんにちは」

近藤さんが大好きな光は、満面の笑みを浮かべる。

私も、ぺこりと会釈をした。

看護学校を出てからずっとこの病院に勤めているらしい近藤さんには、六年前、お父さんの入院中もお世話になった。

だから、私も光も、親戚のおばさんのように慕っている。

大きめのファイルを片手に、手をひらひらと振りながら、近藤さんは廊下の角を曲がって見えなくなった。

一階の会計窓口に向かう。

来た頃は人であふれていたロビーが、今は閑散としていた。

時計を見れば、五時半を過ぎている。

本当はお母さんが早退して光に付き添う予定だったから、仕事が終わる時間に合わせ、午後診療の最後の枠に入れてもらっていたのだ。

だけど仕事でトラブルがあったらしく、お母さんが来れなくなって、私が付き添うことになり、今に至る。

ソファに座って呼び出しを待っている間中、光はしきりにきょろきょろとあたりを見まわしていた。

「どうしたの？」

「いや……」

恥ずかしそうに、光が言う。

「さっちゃんが、いないかなって思って。検診のとき、ときどき見かけるんだ」

さっちゃんのことを思い出した私は、微笑ましい気持ちになる。

「そういえば、前に描いてた絵、さっちゃんに見せたの？」

「うん、すごく喜んでた」

光の顔が、にわかに明るくなる。

「あげるって言ったら、自分の部屋の、一番よく見えるところに飾るって言ってた」

「ふふ、よかったね」

するど、微笑む私を見つめたまま、なぜか光が押し黙る。

さっきとは打って変わって、暗い面持ちだ。

「……ねえちゃん」

「なあに？」

「いつも、わがまま言ってごめんね」

突然のことに驚き、私は言葉を失った。

隣で、光がぽつぽつと語り出す。

「前に、さっちゃんが言ってたんだ、感謝の気持ちを忘れちゃいけないって。さっちゃんも、病気のことが不安で、家族や、看護師さんや、友達に迷惑ばかりかけてしまったんだって。でも今はすごく後悔してるって……」

光は申し訳なさそうに私を見つめたあと、すぐに顔を伏せた。

「ねえちゃん、学校と家のことで忙しいのに、いつも僕を気にかけてくれてありがとう」

「光……」

思いがけない光の言葉に、目元が潤む。

小さな頭にそっと掌を乗せて、優しく撫でた。

「大丈夫だよ。本当は光がいい子だってこと、知ってるから」

光は「うん」と蚊の鳴くような声で答えて、グスンと洟をすり上げた。

たまらない気持ちになる。

小さな体で、辛い病気に耐え続けてきた光。

どんなに不安だろう。

どんなに心細いだろう。

それでも光は優しい心を忘れていない。

大事な友達が、彼にそれを思い出させてくれた。

「私も、今度さっちゃんに会えるかな」

ぎゅっと抱きしめたい気持ちを抑えてそう言うと、光は洟をすり上げながら、「うん、たぶん」とよりいっそう照れたように笑った。

そのとき、入り口の自動ドアから、見慣れた人影が入ってきた。

グレーのパンツスーツを着た、お母さんだ。

「あ、いたいた！　診察、終わっちゃった？」

お母さんは私たちを見つけると、大急ぎで近づいてくる。

走って来たのか、いつもきっちりと後ろでまとめられている髪が、少し乱れていた。

光が、花開いたように顔を輝かせた。

「お母さん、来てくれたの？　仕事は？」

「息子の検診があるって言ったら、同僚が残業代わってくれてね。急いで来たの。でも、ここにいるってことは、診察には間に合わなかったみたいね」

残念そうなお母さんに、私は今日聞いた先生からの話を伝えた。

聞き終えたお母さんは、「ありがとう、真菜。あなたがいてくれて、本当によかった」と、さっき私が光にしたみたいに私の頭を撫でた。

そんな小さな子供相手のような褒め方、十六にもなるとちょっと恥ずかしいけど、くすぐったさとともに喜びが込み上げる。

会計を済ませると、私たちは、家族三人で並んで病院を出た。

夕方六時近く。

空は青みがかっていて、綿のような雲の切れ間に、小さな星がちらほら見える。

夏の終わりを惜しむように、ねっとりとした熱風が頬を撫でた。

カランコロン、という耳慣れない音につられ、歩道に視線を走らせれば、色とりどりの浴衣を来た女の子が数人歩いている。

「そっか。今日、霜月川の花火大会なのね」

お母さんが、思い出したように言う。

「もう、そんな時期なんだ」

そんなこと、私もすっかり忘れていた。

霜月川とは、この界隈でもっとも有名な川で、毎年八月の終わりに花火大会が開催されている。

打ち上げ数は、約千五百発。

名だたる花火大会に比べると小規模だけど、このあたりでは随一の花火大会だ。

霜月川には、両岸に芝生の広がる土手がある。

普段は子供たちが野球の練習に励み、朝晩ランニングをする人が行き交うそこは、花火大会の日、ひしめき合うように露店が立ち並ぶ。

私も光と一緒に、お父さんに連れられて、一度だけ土手まで花火を見に行ったことがあった。

お父さんが、亡くなる前年のことだ。

楽しそうに霜月川に向かって歩む人を見ていると、お父さんと花火を見た遠い日のことを思い出して、悲しい気持ちになってくる。

お母さんに気づかれまいと、無理やり笑顔を作ろうとしたとき。

「僕も、近くで花火が見たいな」

ぽつりと光が言った。

私とお母さんは、ほぼ同時に顔を見合わせる。

お母さんが困った顔をしている理由が、私には手に取るようにわかった。

重症喘息の光は、人ごみが多いところを避けるようにと、お医者さんから言われている。

人ごみには、ウイルスがたくさん潜(ひそ)んでいるからだ。

光がひとたび風邪を引けば、重症化するリスクが高い。

先日の入院も、風邪をこじらせて、発作が止まらなくなったのが原因だった。

霜月川の花火大会は、年によってはケガ人が出るほど、人でごった返す。

光は、絶対に行かないほうがいい。

「光、でも……」

言いかけた言葉を、直前でのみ込んだ。

うまく言わないと、いつものように、『どうして僕だけ遊べないの?』と光がふてくされると思ったからだ。

同級生のようにのびのびと生活できないもどかしさを、光はふとしたきっかけで爆発させ、私やお母さんに当たってくる。

だけど——。

「お姉ちゃん。花火の写真、近くで撮ってきてくれない？」

光は、私にそう言った。

「光……」

まだ小学生の光は、気持ちがすぐ顔に出る。

残念そうに揺らいでいる瞳からは、本当は直接見たいという気持ちがありありと伝わってきた。

それでも光は、必死に耐えている。

健気(けなげ)な姿に、たまらなく胸が震えた。

光はきっと、近くで撮った花火の写真を見ることで、今はいないお父さんの存在を感じたいのだろう。

「……わかった。最高の写真、撮ってくる」

「真菜、いいの？」

お母さんの心配そうな問いかけに、笑顔で頷いた。

「かわいい弟のためだし。任せといて」

光の顔が、にわかに明るくなる。

写真を撮ったらすぐに帰ることをお母さんに約束して、ふたりとバス停で別れた。

花火大会に向かうカップルや友達同士のグループに紛れて歩き出す。

霜月川は、いつものバス停を過ぎ、さらに歩道を進んだ先にある。

どこから撮るのがベストだろう、と思いを巡らせていたとき、「おい」と背中に声がかかった。

ゆったりとしたブラウンのTシャツを着たジーンズ姿の男の子が、後ろに立っている。

私服を見るのは初めてなので、一瞬、誰だかわからなかった。

「あれ？　桜人？　今からバイト？」

「今日は昼シフトだったから、終わったとこ。ていうか、どこ行くの？」

桜人に会うのは、お盆前以来だから、約十日ぶりだ。

バイト帰りに私を見つけて、わざわざここまで追いかけてくれたみたい。

「花火を見に行くの」

「は？　ひとりで？」

「花火の写真を撮るって、弟と約束したの。あの子、人ごみに行っちゃいけないってお医者さんに言われてるから、代わりに」

言い終えると、桜人は眉根を寄せた。

そんな彼の肩越しに、街頭時計が目に入る。

いつの間にか、七時近くになっていた。

今のうちに場所を取っておかないと、いい写真が撮れないかもしれない。

「ごめん。時間ないから、もう行くね」

慌てて背を向けると、桜人が追いかけてきた。

「俺も行く」

「……え？」

「こんな夜にひとりで出歩いて、何かあったらどうするんだよ」

怒ったように言いながら、彼は迷うことなく、私の隣に並んだ。

心配してくれてるんだ……。

優しさに、じんと胸が熱くなる。

「でも、大丈夫？　用事とかないの？」

「ない。とにかく、俺から離れないで」

「……うん、ありがとう」

なんとなく有無を言わせない圧を感じて、彼の優しさに甘えることにした。

桜人が、私より一歩先を歩き始める。

いつもより少したくましく感じるTシャツの背中を、早足で追った。

私服のせいで普段とは雰囲気が違うせいか、後ろ姿を見ているだけで、胸がドキドキと高鳴ってしまう。

空が暗くなりかけた頃、私たちは土手に辿りついた。

暮れかけの世界では、ズラリと軒を連ねる屋台だけが、ぼんやりと光を放っている。

幻想的(げんそうてき)で、どこか懐かしい光景だった。

ひしめき合う人々、子供の泣き声、楽しそうな笑い声。

「すごい人だな。花火大会にこんなにたくさん人が来るなんて、知らなかった」

階段で土手を下りている途中、桜人が言った。

「花火大会、来たことないの？」

「窓から見たことはあるけど、こんな近くまで来たのは初めて」

「そうなんだ。私も、六年前に一度来ただけなんだけどね」

悲しいことも辛いことも、まだ知らなかった十歳の夏。

お母さんに金魚柄の浴衣(ゆかた)を着せてもらって、髪をアップにしてもらって。

光の手を引くお父さんの隣を歩きながら、普段とは違う夜のお出かけに、はしゃいでいたのを覚えている。

そのとき、ドンッと誰かの肩がぶつかって、体がよろめいた。

「大丈夫か?」

「……ありがとう」

桜人に肩を支えてもらい、どうにか持ち直す。

その後も、前後左右からぐいぐい人が来て、うまく前に進めなかった。

すると桜人が、自分のシャツの裾を引っ張って見せてくる。

「はぐれたら面倒だから、ここ持ってて」

「……でも、シャツ伸びない?」

「別に、大丈夫」

あっさり言われて戸惑ったけど、素直に従うことにした。

桜人のTシャツの裾をつかみながら、人でごった返す土手を行く。

湿った草の匂いに混ざって、ベビーカステラや、イカ焼きの匂いがした。

空はいつの間にか真っ暗になっていて、星がまばらに輝いている。

夏の夜風を首筋に感じたとき、ふと寂しさが込み上げてきた。

お父さんが亡くなった日、病院前のロータリーで、私の肌を撫でた風に似ていたから。

だけど、Tシャツ越しに伝わる桜人の気配が、寂しさを徐々にかき消してくれた。

土手の中腹（ちゅうふく）あたりにスペースを見つけ、座ることにする。

昨日の雨のせいで、芝生（しばふ）は少し湿っていた。

まわりの人たちは、レジャーシートや折りたたみイスを用意していて、万全の構えだ。

仕方なく、バッグの中に入っていたハンカチとコンビニのビニール袋を、敷物代わりにすることにした。

そして、いつ花火が打ち上がってもいいよう、スマホをスタンバイする。

「あっつ……。子供の頃、花火を見に行ったらどんなだろうと思ってたけど、こんなに暑いと思わなかった」

手うちわで首のあたりを扇（あお）ぎながら、桜人が言う。

彼の言うように、人々の熱気で、座っているだけで汗が噴き出すほど蒸し暑い。

「桜人は、どんな子供だったの？」

桜人の子供の頃が想像つかなくて、聞いてみる。

私が彼の子供の頃について知ってるのは、本ばかり読んでたということと、花火大会に行ったことがないということだけ。

「すげえ、嫌な子供だった。まわりを困らせてばかり」

自嘲するように、桜人が答えた。

「そうなの？　なんか、意外」

「――今は、すごく後悔してる」

その呟きは、独特の重みをはらんでいて、なぜだか胸がヒリッとした。

彼はきっと、子供時代に、あまりいい思い出がないのだろう。

物憂げに川面を見つめる横顔に、光の面影が重なる。

病気の辛さゆえに、私に冷たく当たり、それを後悔している光。

桜人がまわりを困らせてしまったのも、何か特別な事情があったのかもしれない。

「大丈夫だよ。みんなわかってるよ、桜人の気持ち」

私も、光を憎んでなどいない。

桜人のまわりの人だって、きっと同じだろう。

そういう思いを込めて言うと、桜人は驚いたように私を見た。

だけど、一瞬寂しげな目をしただけで、何も答えようとはしなかった。

その代わりに、ふっと空を見上げて言う。

「夕月夜だ……」

黒、紺、藍色、群青色。

闇になりきれていない空では、さまざまな日暮れの色が、いくつもの層を作っていた。

その真ん中に、上弦の月が、淡い光を放ちながらぽっかり浮かんでいる。

「夕月夜って？」

「この時期に浮かぶ上弦の月を、夕月夜って言うんだ」

空に見入りながら、桜人が答える。

「夕月夜　ほのめく影も　卯の花の　咲けるわたりは　さやけかりけり」

桜人の耳心地のいい声が、流れるように和歌を奏でた。

モカ色の髪を、夏草の匂いをはらんだ風がさらっていく。

ああ、きれいだと思った。

彼の口からこぼれる言葉同様、彼の存在そのものが、とてもきれいだ。

「どういう意味の和歌なの？」

「〝白い上弦の月が空に浮かぶ夕月夜に、卯の花が咲いている。その白い花は、闇の中でひときわ輝いて、私の目に映った〟……そんな感じかな」

「きれいだね」

恍惚（こうこつ）としながら投げかけたその言葉は、和歌の意味に対してだけではなかった。

すると桜人が、和歌の世界から現実に引き戻されたかのように、こちらに顔を向けた。

「……うん。すごく、きれいだ」

甘くて、優しい声だった。

彼の瞳に宿る見たことのない色に気づいて、胸がひとつ、鼓動を鳴らした。

そわそわして落ちつかなくなると同時に、たまならく胸を昂らせるこの感情に、私はもう気づいている。

だけど境界の曖昧なこの空のように、その気持ちはまだ不安定だった。

足を踏み入れたら、何かを失うような。

そんな本能的な焦燥に駆られて、踏みとどまっている。

だけどいずれ、抗うことはできなくなるだろう。

そんな、気がした。

そのとき、立て続けに三発、花火がパッパッパッと打ち上がった。

金、金、赤。

——ドンッ、ドンッ、ドンッ

土手から歓声が上がり、私の視線も夜空に吸い込まれる。

緑、青、オレンジ。

——ドンッ、ドドンッ

久しぶりに近くで見る花火は、大きくて圧巻だった。

爆音を引き連れて夜空に爆ぜる花火は、心のもやもやも、悲しみも、不安も、すべてを打ち消して、心を釘づけにする。

あたりが、あっという間に煙の匂いに包まれた。

「そうだ」

光との約束を思い出した私は、慌ててスマホを手に取り、夜空に向ける。

ひととおり撮り終えたあとで、再び花火に見入っていると、視線を感じた。

横を向けば、いつからそうしていたのか、桜人がこちらを見ている。

花火の光で、明るくなったり暗くなったりしている彼の顔。

桜人は不思議だ。

大人っぽいのに、ときどき、幼い子供のように目に映る。

瞳の奥に、光がよく見せるような、不安定な色を浮かべることがある。

「……花火、すごいね」

見つめ合っていることにだんだん恥ずかしくなってそう言うと、桜人がフイッと顔を逸らした。

照れているのか、顔を伏せ、前髪をくしゃっとしている。

「……うん。来てよかった」

こちらを見ないまま、照れ隠しのようにポツンとこぼされた桜人のその言葉が、私はなんだか、すごくうれしかった。

結局私たちは、最後までそこで花火を見ていた。

フィナーレが終わり、帰路につく人の波に流されるように、土手を離れる。

はぐれないように、また桜人はシャツの裾をつかませてくれたけど、人ごみを縫うように駆けてきた男の子たちの集団に断ち切られてしまう。

あっという間に体が人の波にのまれて、桜人がどこに行ったのかわからなくなってしまった。

不安に駆られながらきょろきょろと桜人を探していると、後ろから伸びてきた掌に、手をつかまれた。

それは、桜人だった。

桜人は私の手を握ったまま、ぐいぐいと人ごみを抜けていく。

土手が遠ざかり、人が少なくなっても、桜人は手を離そうとしなかった。

桜人の掌は、大きい。

背が高いから、男の子の中でも大きいほうなのかもしれない。

見かけよりも骨ばっていて、ごつごつしていて、自分の小さな掌がひどく頼りないものに思えた。

急に、彼が男なんだということを思い知らされる。

感じたことのない緊張と気恥ずかしさが込み上げた。

「……小さいな」

私の手を引きながら、桜人が小声で呟いた。

「気を抜くと、握りつぶしてしまいそう」

言葉とは裏腹に、力の加減はとても優しい。

壊れ物を扱うように、そっと。大きなぬくもりが、私のすべてを包み込む。

知らなかった。

人の体温が、こんなにもあたたかいなんて。

ああ、そうか。このぬくもりが欲しくて、人は、人を求めるのかもしれない。

誰かと付き合うということは、きっと、そういうことなのだろう。

花火大会が終わったあとの世界は、静けさに包まれていた。

煙の匂いだけを残した夜の風景に、寂しさを覚える。

来年、また花火が打ち上がる頃には、私はどうなっているのだろう？

見えない未来への不安が、闇の狭間から手を伸ばし、襲いかかってくる。

だけど桜人の手のぬくもりを感じていると、今だけは、いずれ向き合うそれから目を逸らしていられた。

バス停に辿りつくと、桜人は、ためらうように私の手を離した。

彼の手のぬくもりが完全になくなり、掌が宙に放たれたとき、私は心もとなさに震える。

この掌は、ついさっきまで、誰にも触れていないことが当たり前だったのに。

ぬくもりを知ったあとでは、ひとりはひどく物悲しい。

第三章

初嵐

「付き合ってるの？」

いよいよ文化祭まであと一週間に迫った九月の終わり。

新学期が始まってもなお続いていた猛暑が、少しずつ和らぎ、秋の気配を感じ始めた昼休み。

中庭のベンチで、お弁当に箸をつけながら、夏樹が唐突にそんなことを聞いてきた。

「へ？」

意味がわからず、卵焼きを口に入れたまま、間抜け顔で固まってしまう。

「真菜と小瀬川くん。噂になってるよ」

したり顔の夏樹を見て、一瞬、むせ込みそうになった。

どうにか卵焼きを飲み下し、お茶をひと口飲んでから、ようやく反論する。

「つ、つき合ってないよ……！」

「霜月川の花火大会で一緒にいるところを、見た子がいるんだって」

どうやら、私の知らないところで、目撃情報が広まっていたらしい。

「委員も部活も一緒だし、つき合ってるの確定って思われてるみたいよ」

「……だから、つき合ってないから！」

噂って、本当にひとり歩きしてしまうんだ、恐ろしい。

夏樹は、「そうなの？　なんだ」と残念そうに唇を尖らせた。

「花火大会では、たまたま会って、一緒に行くことになったの。私がひとりだったから、心配してくれて……」

「ひとりで花火大会に行こうとしてたの？　どうして？」

驚いた表情を浮かべる夏樹。

私は箸を持つ手を止めて、こちらを見ている夏樹を見つめた。

それを話すと、弟のこと、それから母子家庭だということも知られてしまう。

だけど。

『家庭環境を卑屈にしてんのは、自分自身だろ？』

桜人のその言葉は、今も色濃く胸に焼きついていた。

もう、怖くはない。

美織と杏だって受け入れてくれたし、夏樹なら絶対大丈夫。

私は、家のこと、光の病気のこと、そしてあの日、光のためにひとりで花火大会に足を運ぼうとしたことを、彼女に話した。

それから、中二のときの出来事が原因で、友達に家庭の事情を話すのが怖くなってしまったことも。

夏樹は、ときどき相槌を打ちながら、黙って耳を傾けてくれた。

「……やっと言ってくれた」

語り終えたとき、夏樹がどこかホッとしたように言った。

「真菜が何かに後ろめたさを感じてることには、気づいてたよ。ずっと、話を聞いて真菜を楽にしてあげたいって思ってた。だから、勇気を出して話してくれてうれしい」

「夏樹……」

夏樹の優しさに、目元が潤む。

「夏樹が話しかけてくれたおかげで友達になれて、本当によかった……」

感極まってそう言うと、夏樹は少しバツが悪そうに頭をかく。

「あー、そのことなんだけど……」

夏樹は心を決めたように、私と向かい合った。

「私も真菜に秘密を作りたくないから、全部言うね。私が真菜に話しかけたきっかけはね、小瀬川くんに言われたからでもあるの」

「え、どういうこと……？」

「文芸部で、『水田さんに声かけてほしい』って急に言われてね。小瀬川くんとはそれまでほとんど話したことなかったから、びっくりしたんだ」

なんで桜人がそんなこと……。困惑してしまう。

美織と杏から離れるよう助言したことに、責任を感じていたのかもしれない。

今さらながら知った桜人の気づかいに、じんとする。

桜人はやっぱり、優しすぎるくらいに優しい。

「小瀬川くん、真菜のことが好きなんだと思う」

だけど次の瞬間、藪から棒にそんなことを言われ、息が止まりそうになった。

「同じクラスになってすぐの頃から、小瀬川くん、よく真菜のこと見てたから。私、去年も小瀬川くんと同じクラスだったんだけど、今まではまったく人に興味なさそうだったのに」

「……それは、気のせいじゃないかな。二年になってすぐの頃は、目が合うことすらなかったよ」

「真菜に気づかれないように、見てる感じかな？　小瀬川くんより後ろの席だったから、よく見えたの。真菜は、ずっと小瀬川くんより前の席だったじゃない？　小瀬川くん、真菜のこと見てて、真菜が振り返ったら窓のほう向いちゃうの」

たしかに、彼は見るたびに窓の外を眺めているイメージだった。

だけど、夏樹が言ってることはあり得ない。

それでも、勝手に胸が高鳴って、じっとしていられなくなってしまう。

あからさまに動揺している私を見て、夏樹がふんわりとした笑みを浮かべた。

「真菜は好きなの？　小瀬川くんのこと」

そろりと視線を上げ、夏樹を見る。

すっかり赤く染まってしまった顔では、もう隠しようがない。

「……たぶん、好きなんだと思う」

「たぶん？」

「私が辛いとき、桜人はいつも気づいてくれて、臆病な私を叱ってくれて……」

逃げるなよ、と言った厳しい彼の口調。

今にして思えば、あれほど優しくて思いやりのある言葉を、私は知らない。

わかりにくいけど、本当は誰よりも優しい心を持った、陽だまりのような人。

晴れの日も曇りの日も雨の日も、雲のずっと上から、途切れることなく私を光で照らしてくれる。

「それは、たぶんじゃなくて、もう好きってことだね」

夏樹が、すべてをわかっているかのように言った。

「応援してるから。ふたりのこと」

「ありがとう……」

夏樹の優しい声色に泣きそうになりながら、私は深く頷いた。

十月初旬。文化祭当日。

「何これ、めちゃくちゃ怖かったんだけど！」

「あの女ユーレイしつこい！　泣くかと思った」

「コンニャクが大量にぶつかってきたの、マジでびびったんだけど！」

私たちのクラスのお化け屋敷は、大盛況だった。

空き教室と理科室を繋いだロングコースで、うちの高校の文化祭史上もっとも凝ったお化け屋敷とまで言われた。

コースの前半は、日本の墓場がイメージされている。

ドロドロというお決まりの音響のもと、ダンボールで精巧に作られたお墓が並び、壁から出てくる手やコンニャクに驚かされながら、美織が扮する女ユーレイをはじめとしたお化けに次々襲われる。

後半は、理科室。

不協和音を奏でるピアノの旋律が流れる中、ブルーのライトに照らされた骸骨や爆音に驚かされながら、恐々進む。

そして最後に、人体模型に扮したクラスの男子が急に動き出し、悲鳴をかっさらうという内容だ。

私も一度、夏樹と一緒に入ったけど、どこで何がでてくるかわかっていながら、悲鳴を上げずにはいられなかった。

ユーレイの美織と化け猫の杏もしつこく襲ってくるし、本気で逃げ出したくなったほどだ。

「みんなお疲れ！　増村先生から差し入れだぞ～！」

文化祭が終わって、片づけが一段落した頃、コンビニのビニール袋を抱えたクラスの男子たちが、テンション高く教室に入ってきた。

ビニール袋の中には、ペットボトルのジュースやお菓子が大量に入っている。

「打ち上げだ～！」

男子たちの号令で、みんな好きなところに座って、打ち上げが始まった。

教室でおおっぴらに大量のお菓子を食べるなんて、特別な感じがしてわくわくする。

「カンパーイ！」

女子たち数人で、ジュースの入った紙コップでカンパイをした。

「今日の主役は、やっぱ美織だよね。あの気合の入った演技！　子供が来ても、容赦ないんだもん」

「当たり前じゃない。子供だからって、怖いことから目を背けさせてどうするのよ。世の中、怖いものだらけなんだから」

杏の声に、美織が鼻高々に答えている。

「杏の猫娘もかわいかったよ。男子が萌えるって言ってた」

夏樹が言うと、杏は照れたように笑う。

「ほんと？ 夏樹の音響もよかったよ。あのドロドロいうやつ、どこから持ってきたのよ」

「ネット検索して、フリーの曲をダウンロードしたの。いろんな効果音があったよ。真菜もありがとう。真菜いなかったら、ここまでまとまんなかったと思う」

話題に上げられ、「そうかな？」と頭をかく。

「うん。裏方的な仕事が、一番大変だもんね。とくに増村先生の許可取る系のやつは。あの先生、どこにいるかわかんないんだもん」

「そんなことないよ。だいたい喫煙所にいるし」

「マジで？ だからあんなタバコ臭いんだ」

美織の嫌悪感あふれる顔に、どっと笑いが起こる。

教室を見渡せば、どこもかしこも満足そうな笑顔がいっぱいで、がんばってよかったと心から思った。

これが、〝青春の一ページ〟というものなのかもしれない。

まるで他人事のような、増村先生のその口癖が苦手だったけど、今は先生の言っていた意味がなんとなくわかる気がした。

達成感に満ちた、夕暮れの教室。

再来年にはバラバラの道を行く私たちの心がひとつになった、今しか味わえない時間。

この瞬間を、心に刻んでおきたいと強く思う。

お喋りに夢中になっているうちに、五時を過ぎていた。

十月に入ってから日暮れが早まっており、窓の外はもう薄暗い。

「そうだ、部室に行かなきゃ」

クラスのことが落ちついたら文集を取りに来るよう、川島部長に言われていたんだった。

毎年文化祭に合わせて制作される文集は、図書室と、教員全員に配布される。

部員も、一冊ずつ持ち帰っていい決まりになっていた。

私と桜人は文化祭実行委員で忙しいだろうからと気をつかってくれて、印刷と製本は川島部長と夏樹がやってくれた。

だから、私はまだ完成したものを見ていない。

「夏樹も、文集取りに行く?」

「私はもう貰ったから大丈夫。気をつけて行ってきてね」

夏樹に別れを告げ、ひとりで教室を出た。
旧校舎に渡り、文芸部の部室に向かう。
新校舎のほうから、楽しげな笑い声やはしゃぐ声が、遠く聞こえる。
対照的にこちらは閑散としていて、薄暗い廊下に、上靴の音がやたらと響いた。
部室の鍵は開いてたけど、人はいなかった。
長テーブルの上に、真新しい文集が数冊重ねてある。
「できてる……」
新緑の春を思わせる、若草色の冊子をひとつ手に取った。
今年の年号の下には、『県立T高校　文芸部文集』と印字されている。
できたての文集からは、新しい紙の匂いがした。
初々しい香りと手触りに、気持ちが昂る。
この中に自分の作品も入っているのだと思うと、よりいっそう心が弾んだ。
パラリ、と指先を切ってしまいそうなほど真新しい紙のページを捲った。
まずは、川島部長のミステリー小説だ。
「うわ、なっが……」
全体の七割以上を占めているそれは、立ち読みでは終わりそうにない文量だった。
予想以上の長さに怖気づき、帰ってからじっくり読もうと、パラパラと先にページを進める。

続いて、夏樹が書いたファンタジー小説。

「すごい。文章うますぎ」

現代の医師が古代にタイムスリップするという、医学部を目指している夏樹らしい短編だ。

それから、田辺くんの作品たち。

小難しそうな随筆と詩と短編が並んでいる。

「ふふ。田辺くんっぽい」

次のページを開いて、ドキリとする。

そこに載っていたのは、私が夏休みに書いたあのエッセイだった。

自分の中に眠っていた唯一無二の思い出が、こうして印字されているのを見ると、不思議な気がした。

このエッセイがたくさんの人に読まれると思うと、恥ずかしいけどうれしい。

特別な思いは、こうして言葉にして外に放つことができるのだと、改めて胸が震えた。

これを読んだ誰かが、何かを思う。

そしてまた別の言葉になって、他の誰かの目に届くかもしれない。

文字が生み出す、永遠の連鎖。

それはとても壮大なことのように思えた。

「あれ……？」

私のエッセイが終わった次のページは、裏表紙になっていた。

桜人のは？と違和感を覚えながらページを捲ると、わずか半ページに、短い詩があった。


昨年と同じく、名前もタイトルもない。

だけど、それが桜人の作品だということは、すぐにわかった。

君のために
僕のすべてを言葉にして贈ろう
悲しい夏暮れも
切ない夕月夜も
寂しい冬の夜も
君がひとりで泣かないように

すぐ帰るつもりだったから、電気をつけていない夕暮れの部室は、文字がかろうじて読める程度の明るさだった。

彼の紡いだ文字を、その想いをなぞるように、指先でそっと撫でる。

彼の言葉はいつも短いけれど、どうしてこうも、私の心を揺さぶるのだろう。

胸の高鳴りを感じていると、お父さんが亡くなった日に見た病院の景色が、なぜか脳裏をよぎった。

――ガチャッ
ドアの開く音がして、私は慌てて後ろを振り返る。

そこには、桜人が立っていた。

私は空き教室にいて、桜人は理科室にいたから、会うのは数時間ぶりだ。

緩んだ緑色のネクタイに、白のワイシャツ、肘（ひじ）まで捲（まく）り上げられた袖（そで）。

重いものでも運んでいたのか、額に汗が光っている。

「文集取りに来た」

桜人の視線が、私の手元にある冊子に移る。

彼の詩を読んでいたことに、気づかれたようだ。

「詩、読んだよ。今回のもよかった」

この想いを、ありきたりの言葉にしか変えられない自分の語彙力がうらめしい。

「……そうか？」

そっぽを向いて、素っ気ない返事をする桜人。

首筋が赤く見えるのは、夕日のせいだけじゃないと思う。

部室に足を踏み入れた桜人は、長テーブルの上に重ねられた文集を手に取り、パラパラと捲った。

そして「部長の、ながっ」と苦笑する。

ふたりきりの部室が、日暮れとともに青く染まっていく。

暗いけれど、まだ闇になりきれていない昼と夜の間のひととき。

特別な一日が終わろうとしている安堵感と寂しさが、胸に押し寄せた。

「桜人は、いつから詩を書いてたの？」

すぐ隣で、文集に目を落としている桜人に聞いてみる。

私もこの先文章を書き続けたら、いつか桜人のように、誰かの心を震わせることができるだろうか？

「小学校の頃から」

「そんな前から？」

うん、と桜人は頷いた。

「詩を書くことは、俺の日常の一部みたいなものだから」

「じゃあ、中学のときも文芸部だったの？」

「中学のときは文芸部がなかったし、いろいろあって帰宅部。だけど詩は、家でひとりで書いてた」

当たり前のように、さらりと桜人は言ってのけた。

詩を書くことが日常の一部だなんて、すごすぎる。

「じゃあ、文集に載ってる詩は、桜人の想いのひとかけらにすぎないんだね」

桜人の家には、いったいどれだけ彼が紡いだ詩が眠っているのだろう。

ほんの二編見ただけなのに、これほどまで惹かれたんだから、もしもそれらすべてを目にしたなら、私はどうなってしまうのだろう？

桜人の紡いだ言霊の海に、溺れてしまうかもしれない。

だけど、それでいいと思った。

そうなりたいと思った。

もう一度、桜人の書いた詩に指を馳せる。

真っ白な紙の上に浮かぶ黒い文字のひとつひとつが、泣きたいくらい愛(いと)しいものに思えた。

「桜人の書く詩は、初めて見るのに、そうじゃない気がするの。なんだか懐かしい」

言葉は、文字は、命だ。

桜人の命を、私はどうしようもないほどに抱きしめたい。

そんな想いを胸の奥で噛みしめていると、ふと視線を感じた。

いつの間にか、桜人がじっと私を見つめている。

気後れするほど静かな部室で、私たちはそれぞれが文集を手にしたまま、見つめ合った。

桜人の眼差しが、あまりにも優しくて、あたたかくて、悲しげで。

複雑なその色に魅せられ、動けなくなる。

すると桜人が、まるで引き寄せられるように、こちらに身をかがめてきた。

彼の顔が、ゆっくりと近づいてくる。

視界が彼の影で覆われて、胸があり得ないほど鼓動を速めた。

熱い吐息を頬に感じ、思わずぎゅっと目を閉じる。

だけど次の瞬間、閉じた瞼の向こうで空気がビクッと揺れて、瞬く間に気配が離れていった。

目を開けると、桜人は元の位置にいて、再び文集を読んでいた。

何事もなかったかのような、いつもの距離感。

一瞬、キスされるのかと思ったけど、とんでもない勘違いだったみたい。

焦りに似た恥ずかしさが込み上げてきて、何かを言わなければと、私は懸命に言葉を探す。

「……桜人は、卒業したら、大学で文学部に進むの？」

幼い頃から文学が好きで、詩を紡ぐことが好きな彼は、その道に進むのが当然な気がした。

だけど桜人は、文集に目を落としたまま、「まだ決めていない」とそっけなく答える。

「……真菜は？」

「私？　私は就職する。うち、お金ないし」

笑って答えると、桜人が顔を上げた。

暗いせいで、表情はよく見えなかったけど、少しだけ変な間を感じた。

それから桜人は、自分のスクールバッグに文集を入れると、バッグを持っていないほうの手を遠慮がちに差し出してくる。

「ん」

手を取って、という意味だろうか？

また勘違いだったらどうしようとためらっていると、彼は手をより近づけて早口で言った。

「戻ろう。暗くなるから」

「……うん」

顔に熱が集まるのを感じながら、私はその手にぎこちなく自分の手を重ねた。

桜人の大きな掌に包まれると、とたんに、体が安らぎに満ちていく。

花火大会のときから、ずっとそうだった。

今まで宙ぶらりんの掌で生きてきたのが、嘘みたい。

掌と掌が繋がって、互いの体温を感じているほうが、自然体でいられる。

桜人もそう思っていてくれたなら、うれしい。

学校内にもかかわらず、私たちは、ぎくしゃくしながらもずっと手を繋いで廊下を進んだ。

これからバイトに向かうらしく、桜人とは昇降口で別れる。

「バイト、がんばってね」

「うん。片づけ終わったら、増村先生に報告しといて」

「わかった。任せといて」

桜人は笑みを見せたあと、そっと私の手を離した。

最近知ったことだけど、桜人は笑うと、少し子供っぽい印象になる。

普段が大人っぽいだけに、笑顔の純粋さが際立っていた。

背の高い彼の後ろ姿が、下駄箱のほうへと遠ざかるのを、私はしばらくその場で見送った。

彼の吐息が、いまだ頬に残っている。

体が熱に浮かされたようになっていて、いっこうに覚める気配がなかった。

空き教室に戻ると、クラスメイトはほとんど帰っていた。

棚に置いていたカバンをあさり、スマホを見ると、【ごめん、塾あるから先に帰るね】と夏樹から連絡が入っている。

美織と杏の姿も、もうどこにもなかった。

空き教室は、完全に片づいたみたい。

理科室はどうだろうと、隣に足を運ぶ。

確認できたら、桜人に言われたように、増村先生に報告しないといけない。

入り口から中をのぞくと、こちらも片づけ終わったらしく、ガランとしていた。

実験台のひとつに男子が二、三人集まって、ガヤガヤと話しているだけだ。

もう大丈夫だろう、と判断して喫煙所に向かおうとした、そのとき。

「あ、水田！　ちょっとこっち来て」

男子の輪の中にいた斉木くんが、私を見て声を上げた。

一緒にいる男子も、いつも斉木くんとはしゃいでいる賑やかな雰囲気の人ばかりだったけど、今はやけに深刻そうな顔をしている。

「どうしたの？」

大げさに手招きされ、首をかしげながら彼らがいるほうに行く。

するとしゃ斉木くんが、「お前、知ってた?」と声を潜めた。

「小瀬川が、俺らより年上ってこと」

「……え?」

軽く動揺していると、「つき合ってるのに、知らなかったの?」と男子のひとりが茶化してくる。

「……つき合ってないから」

声が小さくなってしまったのは、今でははっきり、桜人のことが好きだと自確しているからだろう。

否定はしても、心の中では、私はたぶんそれを望んでいる。

「これ、さっきそこに落ちててさ」

斉木くんが、紺色の生徒手帳を見せてくる。

「中開いたら小瀬川のだったんだけど、生年月日見て」

生徒手帳の写真には、たしかに桜人が映っていた。

記載されていた生年月日から年齢を計算すると、斉木くんの言うように、本来であれば私たちより一学年上のはずだ。

「ほんとだ……」

見てはいけなかったものを見てしまった気がして、罪悪感が込み上げる。

「高校浪人したのかな？」

「少年院入ってたとか？」

「小瀬川が？　まさか！」

「留学じゃね？」

好き勝手に話している男子たち。

深刻な顔をしていると、斉木くんが「あ、でも誤解するなよ！」と慌てたように両手をブンブン振る。

「年上って知って、変な目で見るようになったわけじゃねーからな。あいつ何やってもかっこよくて妬けたけど、『あ、年上ならしゃーねーな』って逆に安心した感じ？」

裏表のなさそうな斉木くんのその言葉は、おそらく本心だろう。

「大丈夫、わかってるから」

心ここにあらずのまま、私は頷いた。

「……私、今から増村先生のところに行くから、生徒手帳渡しとくよ？」

「お、さんきゅ。じゃあ頼むわ」

斉木くんから受け取った生徒手帳を、掌でそっと包んで廊下に出た。

たしかに驚きはしたけど、だからといって、何かが変わるわけではない。

そのはずなのに、私の知らない彼の一年間が、やけに気にかかった。

知りたいけど知ってはいけないような、焦りに似た気持ちは、いつまでも心の奥にくすぶっていた。

行く秋

異変は、なんの前触れもなくやってきた。

文化祭が終わったあとから、桜人がまったく文芸部に顔を出さなくなったのだ。

はじめは、バイトが忙しいのだろうと思っていた。

だけど翌日もその翌日も部室に現れず、教室で目が合うこともなくなったとき、避けられているのだと気づいた。

同じ教室にいても、私たちの空気が交わることはない。

近くて遠い、そんな距離感。

急に、二年になったばかりの、あの頃の関係に戻ったかのよう。

だけどあの頃と違うのは、桜人が文化祭をきっかけにクラスに馴染んでいるという点だった。

相変わらず一匹狼ではあるけど、本当は頼りがいのある桜人のまわりには、いつも人が絶えない。

桜人も、ときどきクラスメイトに笑顔を見せるようになった。

だけど桜人は、私にだけは笑いかけない。見向きもしない。

それが、たまらなく辛い。

どうしてって、何度も自問した。

彼を傷つけただろうか。不快にさせただろうか。

だけど思い当たる節がなく、月日だけが無常に過ぎていく。


十月も、もう終わりに近づいていた。

太陽の光が和らぎ、空の水色がくすんで、校庭の木々が色づいていく。

日に日に色を塗り替えていく世界が、冬の訪れを知らせていた。

おはよう、の声が飛び交う朝の昇降口。

寝ぼけ眼で、私はローファーから上靴に履き替えていた。

昨夜、光が反抗してきて、夜遅くまでケンカをしていたため、あまり眠れていない。

このところ、光は精神的に不安定だった。

つい最近まではわりと機嫌がよくて、体調もよかったのに。

思春期に差しかかり、心の均衡(きんこう)を保つのが、難しくなってきたのかもしれない。

光のことを考えながらローファーを下駄箱にしまっていると、ぼうっとしていたせいで、肘が誰かに当たった。

「あ、ごめんなさい」

振り返り、慌てて謝る。

そして、息が止まりそうになった。

桜人が、真後ろに立っていたからだ。

久しぶりに間近で見る桜人は、前髪が少し伸びていた。

見上げる位置で、茶色がかった瞳が、驚いたように揺らいでいる。

喉から出かけた言葉を、無意識のうちにのみ込んだ。

私を見るなり、彼の瞳に、激しい拒絶の色が浮かんだからだ。

「……いや、」

それだけ答えると、桜人は私を視界から遮るように目を伏せた。

スクールバッグを持つ彼の手が遠ざかっていくのを、放心状態で見送る。

どこからともなく姿を現した浦部さんが、桜人の隣に駆け寄った。

「小瀬川くん、おはよ！　数学の宿題、やってる？」

「やってるよ」

「さすが！　ちょっとだけ見せてもらっていい？」

並んで歩くふたりは、どう見ても親しそうで、胸がきりりと痛んだ。

私を振り返りもしない背中は、今はもう、知らない人のようにすら感じる。

掌に、彼の感触がよみがえる。

まるで幻(まぼろし)だったかのように、あのぬくもりが、今は遠い。
たまらなく胸が苦しくなって、私はひとりきりの掌を、ぎゅっときつく握りしめた。

その日の放課後。
静けさに包まれた文芸部の部室で、私はひとり、桜人の書いた詩を眺めていた。
彼の紡いだ言葉のひとつひとつが、たまらなく愛しい。
だけど愛しければ愛しいほど、胸が苦しくて、張り裂けそうになる。
恋をしていなかったら、こんな辛い想いはしなくて済んだのに。
弱い弱いと思っていたけど、恋をする前の私のほうが、よほど強かったように思う。
どうして避けられてる？
いくら考えても、その答えは出てこない。
聞きたくても、桜人は話す機会を与えてくれない。
そして臆病な私は、また怖気づいてしまっている。
恋なんて、しなければよかった……。
「川島部長は、今日休みですか……？」
ドアの開く音とともに、そんな声がした。田辺くんだ。
私は慌てて文集を閉じると、平静を装う。

「うん、来てないみたい。めずらしいよね」

「小瀬川先輩も谷澤先輩もずっと来てないし、どうしたんですかね……」

「夏樹は、塾が忙しいみたいだよ」

本格的に塾に通い出した夏樹は、今年いっぱいは文芸部に在籍するらしいけど、もうほとんど来れないと言っていた。

「小瀬川先輩は……？」

「それは、わからない……」

たぶん私を避けてるからとは言えず、言葉を濁した。

「まあ、そもそもそんなに来る人じゃなかったですしね……」

言いながら、田辺くんは、自分のカバンから分厚い本を取り出した。

どうやら、図書館で借りてきた本を読むつもりみたい。

部室に、再び音を忘れたかのような静寂が訪れる。

「あ、そうだった！」

静まり返ったのも束の間、唐突に田辺くんが大きな声を出すと、自分のカバンから何かを取り出した。

「これ！　すごいじゃないですか！」

輝く瞳で目の前に新聞を広げられ、面食らう。

いつもおどおどとしている田辺くんとは思えない、ハイテンションぶりだった。

「え、なんで新聞？」

「ええっ、知らないんですか!?　ここ、見てくださいよ！」

田辺くんに指さされた箇所に、視線を馳せる。

次の瞬間、私は、これでもかというくらい目を見開いた。

「特別賞……？」

そこには、夏に開催された、地域のエッセイコンテストの結果が掲載されていた。

大賞、準大賞、特別賞、それぞれ一名ずつの名前と作品が、紙面を大幅に使って紹介されている。

その中に、あろうことか、夏に書き上げたあのエッセイと私の名前があったのだ。

「嘘……」

送った覚えもないのにどうして、という疑問はもちろん湧いた。

だけどそれ以上に、自分の作品が認められたという歓びが、胸に押し寄せる。

自分の文章が、誰かの目に届き、そして共感を得た。

誰かの心を震わせた。

その事実が、信じられないほどうれしかった。

「僕なんか、何度も送ってるけど全然ダメですよ！　一発で特別賞って、才能ありますって！　ていうか乗り気じゃなかったのに、いつ送ったんですか？」

「……送ってない。私じゃない」

「え？　じゃあ、誰かが勝手に送ったのかな。川島部長はそんなことしなさそうだし、谷澤先輩かな？　それとも、まさかの小瀬川先輩？　あ、増村先生かな……」

首を捻っている田辺くんの隣で、私も文芸部の面々を思い浮かべる。

考えられるとしたら、夏樹か桜人だ。

増村先生なら、送ったことを黙ってはいないだろうから。

新聞を持つ手が、小刻みに震えていた。

自分なんて、なんの役にも立たないできそこないだと思っていたのに。


その出来事は、私を変えた。

言葉の力は無限だ。

無数にある言葉を、思いのままに組み合わせた唯一無二の文章は、魂を持つことができる。

文章を、もっと書きたい。

誰かの目に届けたい。

私に、やりたいことなんてなかった。

この先も、お母さんを支え、光に寄り添って生きていかなければいけないのだと、漠然と思っていた。

でも、気づいたんだ。それは言い訳にすぎないんだと。

自分の生き方を見つけられないでいることを、私は家族のせいにしていた。

お母さんに、光にすがっていたのは、私のほうだ。

でも、今は違う。挑戦してみたいことがある。

夢なんていう大それたものではないけれど、足を踏み入れてみたい道がある。

「真菜。進路調査のことで、昨日先生から電話があったんだけど」

ある朝、キッチンで食器を洗っていると、仕事に行く用意をしていたお母さんが話しかけてきた。

声が、めずらしく弾んでいる。

「希望、進学に変えたんだって？　何かあったの？　大学行ってほしかったから、お母さんとしてはうれしいけど」

我が家の家計事情を考えて、今まで私は、卒業後は大学に行かず、就職するとお母さんに告げていた。

お母さんは、奨学金（しょうがくきん）だってあるしお金のことは心配しなくていいと言ってくれたけど、かたくなに話を聞こうとはしなかった。

でも、文芸部に入って、文学に触れて、小さいけれど賞を貰って——おこがましいけど、文字の世界を知りたいと思ったんだ。

「うん、ちょっといろいろあって……」

文芸部に入ったことは知られているけど、賞を貰ったことは知られていない。恥ずかしくて曖昧に返事をすると、お母さんは私の気持ちを察したように、穏やかに笑った。

「うれしいわ、真菜が変わってくれて」

小さく鼻をすする音が聞こえて、私は慌てた。

まるで泣くのをこらえているみたいに、お母さんの目が赤くなっている。

「お母さん？　どうしたの、急に」

「真菜には、無理をさせてたから……。家のことも光のことも任せっぱなしで、ずっと申し訳なく思ってた。そのせいか、まったくわがままを言わない子になってしまって……。就職したいって言ってたのも、私に気をつかってるんじゃないかって、ずっと気がかりだったの」

「お母さん……」

「でも、やりたいことを見つけて、ちゃんと言ってくれて、本当にうれしくて……」

メイクをしたばっかりなのに、マスカラがにじんでしまったお母さんの顔を見ていると、胸がぎゅっと痛んだ。

お父さんが亡くなってから、一番大変な思いをしてきたのは、お母さんなんだ。

自分本位な私には、それが見えていなかった。

お母さんだって、光のそばにずっといたいだろう。

もともと料理が好きな人だから、私にお弁当だって作りたいだろう。

だけど日々仕事に追われているせいで、泣く泣く、それらすべてを手放してきたのだ。

「増村先生も言ってたわ、クラスでも楽しそうにしてるって。いい友達ができたのね」

「……うん、そう。本当に、友達に恵まれてる」

「よかった」

お母さんが、また笑った。

増村先生の言うように、クラスでの日々は順調だ。

夏樹とは相変わらず仲がいいし、美織と杏ともうまくやってる。

みんなと過ごす毎日は楽しい。

桜人に避けられてる、心苦しさを除けば。

そのとき、ガラッとふすまが開いて、ランドセルを背負った光が出てきた。

起きたばかりだというのに、通学用の黄色い帽子を、すでに深々とかぶっている。

「あれ？ 光、もう行くの？ 朝ご飯は？」

「いらない」

それだけ答えると、私やお母さんと目を合わせないまま、光は玄関に向かう。

そして、行ってきますも言わずに出ていった。

光がアパートの階段を下りる音が、カンカンカン……と遠ざかっていく。

「光、今日も元気ないね」

光はこのところ、ずっと表情が暗い。

それに加え、ことあるごとに私やお母さんに反抗してきて、光が家にいるときはいつもぎすぎすした空気が漂っていた。

光が出ていった玄関扉を見つめながら、お母さんが深いため息をつく。

「学校で、うまくいってないらしいの。あの子がクラスメイトと同じように行動できないのを、不満に思っている子がいるみたいで……」

「そうだったんだ……」

重症喘息の光は、体育に参加できない。

放課後に友達と走りまわることもできないし、遠足にも行けないことがある。

前のクラスでは、みんながそれを理解してうまくやっていたみたいだけど、今回は違うらしい。

担任の先生や友達によってクラスの空気が異なることは、私もよく知っている。

「それに、病院のお友達とも、何かあったみたい」

「病院のお友達って、さっちゃんのこと?」

さっちゃんは、たぶん、光と同じ重症喘息の子供だ。

入院中は光と仲良くしてくれて、退院しているときも、定期検診でたまに会うみたい。

お母さんは、重い表情で頷いた。

「学校でうまくいってなくてもさっちゃんがいるから、って気持ちが、あの子の中にあったと思うの。だけど、よくは知らないんだけど、さっちゃんと仲違いして会えなくなっちゃったみたいで……。支えを失って、苦しんでるんだと思うわ」

病は、心までをも蝕む。

悪性リンパ腫だったお父さんもそうだった。

愚痴ひとつ吐かない気丈な人だったのに、晩年、やりきれない表情でうなだれている姿を何度も見た。

そのたびに私は、お父さんに元気を取り戻してもらおうと、明るく振る舞った。

だけどお父さんは、力なく笑うだけだった。

病気の苦しみは、本人にしかわからない。

光は、孤独と不安と寂しさを、ひとりきりで抱え込んでいる。

あの小さな体では重すぎて、そのうち押しつぶされてしまうかもしれない。

どうやったら、光を救えるだろう。

いつまでたってもその答えを見いだせないでいることが、歯がゆかった。


エッセイで予期せぬ特別賞を貰ってから、一週間。

十一月に入ったばかりの、夕方七時。

最寄り駅でバスを下車せず、私はK大付属病院前に降り立った。

すっかり闇色に染まっている道路には、冷たい夜風が吹いている。

紺色のブレザーを着た上半身を両腕で抱きしめるようにして、寒さをしのぎながら歩道を行く。

このところ、光の体調は安定しているから、ここに来るのは久しぶりだ。

片道二車線の道路脇で、デニスカフェは、今日もオレンジ色の明かりを煌々と灯していた。

通行人のフリをして、そっとウインドウ越しに中をのぞくと、トレーを手にした桜人がちらりと見えて胸が高鳴る。

同時に、ここまで来ておきながら、怖気づいてしまった。

コンテストにエッセイを送ってくれたお礼を、桜人に伝えるつもりだったのに。

夏樹に聞いたら、自分は送ってないと言っていたから、彼しかいないと思っている。

だけど、学校ではとことん避けられてしまうから、ここに来るしかなかった。

とはいえ、せわしなく動いている桜人には鬼気迫るものがあって、いつ声をかけていいかわからない。

それに、店内に入っても、以前のように相手をしてもらえる自信がなかった。

彼のことが好きだと自覚しているからこそ、他人のように扱われたり、無視されたりすることが、前よりずっと怖い。

足が棒のようになって動けなくなっていると、「ねえ」と背後から声をかけられた。

店内にいた髭の店員さんが、いつの間にかすぐそこにいる。

髭の店員さんは、にこりと笑みを浮かべると「小瀬川くんの友達でしょ？」とほがらかに言った。

「あ……はい、そうです」

「今、呼んでくるね」

「忙しそうですけど……大丈夫ですか？」

「お客さん、そんなにいないでしょ？　彼が勝手に忙しそうにしているだけだから、気にしないで。ちょっと待っててね」

バチッとウインクをして、彼は店内へと引き返していった。

入れ違うようにして、桜人が出てくる。

その顔は、不機嫌を通り越して、無感情だった。

とたんに、心臓が激しく乱れ打つ。

「……何？」

久しぶりに私に向けて発せられた、彼の声。

文化祭の日、昇降口で別れて以来ろくに口をきいていないから、それだけで緊張が高まる。

「用事があるなら、早くして。バイト中だから」

「あの、ごめんね……。聞きたいことがあって……」

田辺くんに切り抜いてもらったエッセイコンテストの結果を、カバンから取り出す。

カフェから漏れる明かりを頼りに、桜人は無言で、私が差し出したそれに目を落とした。

「これが、何？」

おめでとう、のひとこともなかった。

期待していたわけじゃないけど、私と彼の間に取り返しがつかないほどの隔たりがあるのを知って、悲しくなる。

「それ、私、送った覚えがなくて。……出してくれたの？」

桜人、と名前呼びすることに抵抗を覚え、あえて呼ばなかった。

桜人は、黙ってかぶりを振っただけだった。

予想が外れて、私は肩を落とす。

じゃあ、あのエッセイを送ったのは誰？

「そっか。バイト中に、ごめんね……」

「――もういい？」

私の目を見ないまま、桜人が問いかけてくる。

今すぐにここを立ち去りたいオーラをじわじわ感じたけど、私は勇気を振り絞って彼に告げた。

「あと、それから……」

「私、就職をやめて、進学することにしたの」

あの文化祭の日、別れ際に進路の話をしたから、彼にはどうでもいいことかもしれないけど伝えておきたかった。

桜人は、何も答えない。相槌すら打ってくれない。

きっと、心底どうでもいいのだろう。

そして、同じ空間にいるのが耐えられないほど、私のことが嫌いなのだろう。

なぜ、ここまで嫌われてるのかわからない。

これでは、同じクラスになったばかりのあの頃よりも心が離れている。

あの頃はお互い関わりがなかっただけで、嫌われてはいなかったのに。

苦しくて苦しくて、胸が張り裂けそうで、これ以上ここにはいられなかった。

「……ごめん、帰るね」

かすれ声で言い、背を向ける。

数歩進んだところで、一度足を止めて振り返ったけど、そこにもう桜人の姿はなかった。

この数ヵ月、彼の近くで過ごした時間は夢だったのだろうか。

押しつぶされそうな想いを抱えながら、バス停に向かってとぼとぼと歩き出す。

すると、ぼんやりと投げかけた視線の先に、知った顔を見つけた。

「浦部さん……？」

それは、制服姿の浦部さんだった。

明らかに怪訝そうな顔で、私を見ている。

どうしてこんなところに？と考えを巡らせ、すぐに答えにいきついた。

きっと、桜人に会いに来たのだろう。

ひょっとすると、これまでも来たことがあるのかもしれない。

この頃、彼女は桜人とよく一緒にいるから。

つき合ってるんじゃないかという噂まで流れている。

「今から、桜人くんに会いに行くの」

予想どおり、浦部さんは勝ち誇ったように言った。

桜人くん。

今までとは違う親密な呼び方に、ぎくりとしてしまう自分が嫌だった。

「……そう」

私はそれだけ答えると、足早に、浦部さんの横を通りすぎる。

バスが発車するとき、カフェの窓際で仲睦まじげに話している桜人と浦部さんが見えた。

心の中の何かが、音を立てて崩れていった。

小雪(しょうせつ)

桜人side

君がため　惜しからざりし　命さへ　長くもがなと　思ひけるかな

〝君に会うためなら死んでも構わないと思っていた。だけど今は君に会うためにいつまでも生きていたいと思う〟

ずっと、この和歌の意味が理解できなかった。

俺は、そんなに長く生きたいと思っていなかったから。

誰かに会うために生きたいという気持ちなど、子供ながらに、きれいごととしか思えなかった。

見るからに仲が冷えていく両親、泣きわめく母さん、突然の離婚。

ずっと思ってた。

俺なんか、この世からいなくなったほうがいいって。

この体は、欠陥だらけだ。

早く土に返ったほうが、よほど世の中のためだろう。

そんなとき、あの子に出会った。

あの子は太陽みたいに輝いていた。

最初は苦手で、拒絶しかけたけど。

だけど彼女は、春の光が雪をあたためるように、すさんだ俺の心を溶かしてくれた。

あのとき、言葉のひとつひとつが胸に染み入るように、あの和歌の意味が理解できたんだ。

彼女にとっては、きっとなんてことない、遠い夏の日の思い出だ。

あの日、文化祭が終わったあとの夕暮れの学校で、生徒手帳がないことに気づいた俺は、理科室に引き返した。朝定期を買ったとき、そのまま無造作にポケットに入れていたのを、何かの拍子に落としたらしい。

そして、中でのやりとりをすべて聞いてしまった。

呼吸が浅くなり、額に汗が浮かぶ。

とっさに柱の陰に身を隠した俺は、彼女の背中が廊下の向こうに遠ざかっていくのを、息を潜めながら見送った。

「でさ、そのあと増村に廊下で会ってさー」

「ぎゃはは、お前、それヤバくね？」

理科室内にとどまっている斉木たちの話題は、もう別のことに移っている。

生徒手帳なら、明日増村に返してもらえばいい。

俺は彼女を追いかけずに、踵を返して、昇降口に戻ることにした。

これくらい、どうってことはない。

何度もそう自分に言い聞かせたけど、呼吸は整う様子がない。

このままそばにいると、いつか君は、知ってしまうかもしれない。

俺が、君に何をしたか。

臆病な俺は、そのことが、君にすべてを知られることが。

――今となっては、この世が終わってしまうことよりも恐ろしい。


それから俺は、彼女を避けるようになった。

彼女の姿を、目で追わない。

声も、なるべく耳に入れない。

それでも彼女の気配は、まるで蜃気楼（しんきろう）のように、いつも俺につきまとっていた。

気を許すと、彼女のことを考えてしまう。

今頃、何をしているだろう。

また、困ったように笑っていないだろうか。

泣いていないだろうか。

考えては、彼女に会いたくて、喉がかきむしられるほど苦しくなった。

そんな自分に、ほとほと嫌気がさす。

これでいいんだ、と暗示のように自分に言い聞かせた。

彼女のぬくもりを求める掌を、これが正解なんだ、こうするしかないんだと戒めた。

だけど突然、なんの前触れもなく、君は俺に会いにきた。

かたくなだった俺の心が、どれほど揺らいだかなんて、君は知る由もないだろう。

窓越しに、バスを見送る。

彼女を乗せたバスは、夜の闇に溶けるように消えていった。

ホッとした気持ちと寂しい気持ちがないまぜになって、胸の奥を悶々とさせる。

そんな本音に気づかないフリをして、せわしなく仕事に没頭した。

「桜人くん」

トレーを片手に店内を往復していると、窓際の席に座っている浦部さんが、すれ違いざまにシャツを引っ張ってきた。

「何？」

同じクラスの浦部さんは、数週間前、たまたまこのカフェで出くわしたのを機に、よく来るようになった。

彼女が俺に好意を持っているのには、なんとなく気づいている。

だけど俺にとっては迷惑でしかなく、波風立てないように、なんとかやりすごしているだけだ。

俺が足を止めても、浦部さんは何を言うでもなく、じっと見てくるだけだった。

アイメイクが濃いせいか、あまり見つめられると少々怖い。

早く解放されたくて、「用事がないなら、行っていい？」と笑顔を見せると、なぜか睨まれる。

「桜人くん。ここではよく笑うんだね」

「仕事中だから、当然だよ」

笑顔を絶やさないまま答えると、浦部さんはまたじっと俺を見て「でもさっきは笑ってなかった。一応仕事中だったけど」と言う。

「さっき？」

「水田さんと話してたとき」

胸を打たれたような心地がして、笑みがスッと顔から消えていく。

「最近の桜人くん、みんなに愛想いいのに、水田さんにだけ冷たいよね？　裏を返せば、水田さんを特別視してるってことでしょ？」

何も答えることができない。それに、深く介入されたくもない。

俺はうつむき、「暗いから、もう早く帰ったほうがいいよ」とだけ答えた。

だけど、浦部さんには、俺の声など届いていないようだ。

「ねえ、あんなどこにでもいそうな子の、どこがいいの？」

隣の席に座っている男性客がこちらを見るほどの大声で、浦部さんが俺に食ってかかる。

すうっと、胸に冷気が入り込む感覚がした。

浦部さんは、何も知らない。

彼女が、これまでどんなふうに生きてきたか。

泣いて、悩んで、打ちひしがれて、ときに強がって——彼女のいろんな姿を、俺は見てきた。

そんな彼女の存在を、〝どこにでもいそう〟なんて言葉で片づけてほしくない。

「俺にしてみれば、浦部さんのほうが、どこにでもいそうな子だけど」

気づけば、ボソリとそう呟いていた。

浦部さんは、みるみる顔を赤くすると、ガタンッと勢いよく立ち上がる。

そして、のしのしと大股に店を出ていった。

ふたり連れの女性客が、俺のほうを見て、ヒソヒソと何やら話している。

……やってしまった。

優等生を演じるのには慣れていたはずなのに、彼女が絡んでくると、我を忘れてしまう。

「小瀬川くん、ああいうタイプの女の子、怒らせたら怖いよ～」

近くに寄ってきた店長が、わざとらしく怯えたように言った。

俺は、邪念（じゃねん）を振り払うように仕事に精を出すことにする。

『私、就職をやめて、進学することにしたの』

ダスターで必死にテーブルを拭いているうちに、彼女の声が耳によみがえった。

とたんに、不快な気持ちが霧（きり）のように消えていく。

彼女のエッセイをコンテストに応募したのは、俺だ。

結果として、彼女が自分のために未来を見据えてくれて、本当は飛び上がるほどにうれしい。

だけどそんなこと、君は知らなくていい。

君が前を向いてくれれば、それでいい。

俺は見えない光となって、君を明るい未来へと導くから。

最終章

冬の夜

私の心は、ボロボロだ。
恋なんてしなければよかったと、何度も思った。
恋は、生きる力を吸い取ったみたいに、人をダメにしてしまう。
桜人に避けられる日々は苦しい。
一日中、心の中で泣いて、泣いて、何度も消えてしまいたいと思った。
カフェで、浦部さんと桜人が話している姿を思い出すだけで、息が詰まりそうになる。
廊下で、すれ違うとき。
授業中に当てられたとき。
彼を意識し、声を聞いているだけで、胸がぎゅっと痛くなった。
白く輝いていた世界が、暗く陰っていく。
桜人と私の距離は、日に日に遠くなっていった。
——もう、一緒に過ごした日々は戻らない。

再来年に控えた受験のために、私は夏樹と同じ塾に通い始めた。

土曜日だけど、午前中授業があったその日。

塾が始まるまでの空いた時間、学校近くのファストフード店で、私は夏樹と一緒に勉強をしていた。

カウンター席の窓の向こうは、すっかり冬景色に様変わりしている。

あたたかそうなダウンジャケットに身を包んでいる人、寒そうに手をこすり合わせている人。

寄り添い合うカップル、店頭で光る小さなクリスマスツリー。

十二月に入ったばかりだというのに、異常気象とやらで、今日は道行く人の息が白く凍るほど寒い。

私も制服の上からピーコートを着て、赤いマフラーをグルグル巻いてきた。

ブレザーの下には、セーターも着込んでいる。

「今年も、もうあと少しだね」

私と同じように窓の外に目をやっていた夏樹が、ぼんやりと言った。

「こんな調子で、あっという間に卒業なんだろうなあ……」

夏樹の切なげな呟きが、耳にじんと響く。

卒業なんてついこの間まで他人事だと思っていたけど、夏樹の言うように、そう遠い話ではない。

こうしている間も確実に時間は進んでいて、止まってはくれない。

苦しい恋をしている今のことも、いつか思い出になってしまうのだろうか。

なんともいえない寂しさに襲われていると、背後がガヤガヤと騒がしくなった。

見ると、同じ学校の女子生徒たちが、ドリンクの乗ったトレーを手に席を探している。

隣のクラスの、話したことはないけど顔見知りの子たちだ。

だけど向こうは、私たちがいることには気づいていないみたい。

「え、小瀬川くんのことが気になるの？」

ひとりの子が上げた声に、思わず肩がびくっと跳ね上がる。

「たしかに今がチャンスかもしれないね。浦部さんも、つきまとわなくなったし」

「フラれたんじゃない？　水田さんのときみたいに」

楽しそうに話していた彼女たちだったけど、窓際にいる私に気づくなり、青ざめて口を閉ざす。

そして、そそくさと遠くの席に座ってしまった。

私が桜人の元カノで、こっぴどくフラれたという噂は、瞬く間に学年中に広まっていた。

真実を正す気力もなく、こうして噂だけがひとり歩きしている状態だ。

「真菜、大丈夫?」

心配そうに、夏樹が声をかけてくる。

「うん、平気。もう慣れてるから」

力なく笑った。

桜人にどういうわけか避けられるようになったことは、夏樹も知っている。

「本当に……?」

労わるような目をしている夏樹は、私が強がっているのにたぶん気づいている。

「どうして、嫌われたのかな……」

そんな夏樹の態度にほだされ、心の声を漏らしてしまった。

すると夏樹が、もの言いたげに「うーん」とうなる。

「私には、小瀬川くんが真菜を嫌っているようには見えないけど」

どういうこと?と夏樹に問いかけようとしたとき、テーブルの上に置いていたスマホが、目の前でブルブル振動した。

お母さんからの着信だ。

嫌な予感がして、急いで画面をタップする。

すぐに、息せき切ったようなお母さんの声が聞こえた。

《真菜？ 光が、また入院になったの。あの子、今日クラスの子と遊びに行ったみたいで、途中で発作が起きて……》

嫌な予感は的中した。

外でのびのびと遊べないことに、最近光はよりいっそうストレスを抱えていた。

それが原因で友達ができず、今のクラスで孤立しているからだ。

だからクラスに少しでも馴染もうと、無理をしてまったのだろう。

「お母さん、今病院？」

《入院の手続きが終わって、会社に戻るところよ。職場の人が気を利かせてくれて、少しの間、仕事を抜けることができたの。あとは大丈夫って光は言ってたけど……。真菜、今から病院に行って、面会時間ぎりぎりまで光につき添ってくれない？ 最近のあの子、様子が変でしょ？ だから、なんだか心配で》

光は、このところ、私にもお母さんにも反抗しなくなった。

だけど笑顔が減り、大好きだったゲームもしなくなり、ぼうっと宙を見つめていることが多くなっていた。

光の変化に不穏なものを感じていたのは、お母さんも同じだったらしい。

「わかった、すぐに行くね」

《ごめんね、これから塾なのに》

「一日くらい、大丈夫だから」

光の病室の場所を聞いて、電話を切った。

「光くん、また入院？」

「そう。約束してたのにごめんね、今日塾に行けなくなっちゃった」

「そんなの気にしないでいいから、すぐに行ってあげて！」

バスに乗り、K大付属病院に向かう。

寒さの中見上げた空は、まばゆいほど澄んだ水色だった。

入院棟のエントランスを抜けて、光の病室がある二階を目指す。

エレベーターはまだ来そうになかったから、階段で上がることにした。

二階までなら、階段でもすぐだ。

お母さんに聞いた部屋番号に辿りつき、入り口のプレートで、光の名前を確認する。

今回、光は六人部屋の真ん中のベッドらしい。

同室には、子供だけじゃなく、大人の患者さんもいるみたい。

光がいるベッドのカーテンを、そうっと開ける。

だけどそこに光の姿はなく、きれいにたたまれた布団があるだけだった。

「光……？」

一瞬、間違えたのかと思ったけど、棚に置かれたボストンバッグは、間違いなく光が入院のたびに使っているものだった。ワゴンに置かれている、タオルやコップにも見覚えがある。

トイレに行ったのかな……？

廊下に出て、光を探す。

しばらく行くと、廊下の突き当たりに、【図書室】と書かれたドアを見つけた。

今まで幾度となく光の面会に来たけど、こんなところに図書室があったなんて知らなかった。

ドアは少しだけ開いていて、風に煽（あお）られ、蝶番（ちょうつがい）がギイギイと音を立てている。

図書室の窓が開いているのだろう。

「真菜ちゃん！」

なんとなく図書室のドアを見つめていると、近くから声がした。

振り返れば、看護師の近藤さんが、斜め後ろで人好きのする笑顔を浮かべている。

夢中で光を探すあまり、近藤さんに気づかず、前を素通りしたみたい。

「近藤さん、光は……」

光の居所を聞こうとした声が、喉に吸い込まれていった。

近藤さんの隣に、どうしてか、桜人が立っていたからだ。

午前中の授業が終わって、直接来たのだろう。

見馴れた制服に、カーキ色のマフラー、肩にかけられたスクールバッグ。手には、紙袋を持っている。

──どうして、桜人がここに？

驚いて、言葉を失った。

桜人のほうでも驚いたように目を見開いていたけど、私と目が合うなり、すぐに気まずそうに伏せる。

桜人を見て固まっている私に気づいたのか、人のいい近藤さんが、「あ、彼？　会うのは初めてだったかしら？」と明るい声を出す。

「小瀬川桜人くんよ。子供の頃、ここに入院してたの。今でも定期的に来て、こうやって図書室に本を寄贈してくれるの」

あまりにも予想外のことで、気持ちがまとまらない。

桜人が、ここに入院していた？

二の句が継げずにいると、近藤さんがハッとしたように口元に手を当て、私と桜人を見比べた。

「ていうかあなたたち、同じ学校の制服じゃない？　もしかして、知り合いだったりする？」

──バタン！

ゆらゆらしていた図書室の扉が、何かを知らせるように、勢いよく開いた。

「あら？　図書室の窓、さっき閉めたはずなのに」

近藤さんが、合点がいかないように首をかしげる。

そのとき、背中を悪寒が走った。

頭の中で警笛が鳴り、私はとっさの判断で、開け放たれた図書室のドアに近づく。

冷たい風が、サアッと無機質な廊下に吹き荒れた。

そこは、文芸部の部室よりも、さらに小さな空間だった。

左右の壁に書架があり、さまざまな本が並んでいる。

真正面にある窓辺に、光がいた。

光は、どういうわけか窓枠に足をかけ、こちらに背中を向けていた。

全開にされた窓は、小五にしては小柄な光がくぐるには充分な大きさで、今にも外に落ちてしまいそう。

体中からサッと血の気が引き、私は震え声で叫んだ。

「光、何やってるの……っ!?」

光は前しか見えていないようで、どんなに呼んでも、後ろを振り返ろうとしない。

小さな体が、吸い込まれるように窓の向こうに傾いていく。

慌てて足を踏みだしたけど、もう遅かった。

光の足が、窓枠からあっけなく離れる――。

「……っ！」

光が窓の外に飛び出していく様子は、あまりにも現実味がなくて、まるで映画のワンシーンでも見ているようだった。

――だけど、光はひとりじゃなかった。

私の何倍もの速さで窓に辿りついた桜人が、窓から身を乗り出し、光に手を伸ばしたからだ。

抜けるように青い空の真ん中で、桜人の腕が、光の腰のあたりを捉える。

だけど次の瞬間、桜人はバランスを崩し、光もろとも姿を消した。

バキッのようなドサッのような大きな音が、階下から鳴り響く。

「きゃああ！」と、どこかで悲鳴が聞こえた。

「人が落ちたぞ！」

「子供だ！　子供もいる！」

膝から下に力が入らなくなり、私はその場に、がっくりと崩れ落ちた。

何もかもを、信じたくなかった。

何もかもが、嘘であってほしかった。

「なんてこと……！」

近藤さんが、嗚咽（おえつ）を上げて震えている。

その姿を見ているうちに、意識が鮮明になり、こんなときなのに不思議と落ちつきを取り戻す。

──腰を抜かしている場合じゃない。

私は大急ぎで階段を駆け降りると、エントランスを抜け、桜人と光が落下したあたりに向かった。

芝生が生い茂る中庭には、光が以前スケッチをしていた樫（かし）の木が、大きく枝を広げていた。

時期的に葉はほとんど落ちていて寒々しい。

樫の木の真下には、すでに人だかりができていた。

人ごみを縫うようにして、息せき切りながら光と桜人を探す。

そして、芝生の上に横たわる桜人を見つけた。

桜人は、まるで眠っているみたいに、穏やかな顔で目を閉じていた。

枝が擦（す）れたのか、顔には痛々しい傷跡がある。

脇には白衣を着た女医さんがいて、ペンライトを手に、瞼の中を見たり、脈を確認したりしていた。

騒ぎを聞いてすぐに駆けつけてくれたのだろう。

ただ事ではない光景を目の当たりにして、吐き気すらする。

せわしなく心臓が鳴り、立っているのもやっとだった。

「命に別状はないですね」

ふらつきかけたとき、女医さんの声が耳に入って、少しだけ気持ちを持ち直す。

「光は……」

「姉ちゃん！」

すると、光が横からすがるように私に抱き着いてきた。

「光……!? 無事なの!?」

「僕は、大丈夫……」

光は私の胸に顔をうずめ、肩を震わせながら泣きじゃくっている。

「どうしよう、さっちゃんが……」

「さっちゃん？」

光は涙でボロボロになった顔を、地面に横たわる桜人に向けた。

「あの人が、さっちゃん……」

そのとき、ひときわ強い風があたりに吹き荒れた。

樫の枯れ枝がザワザワと共鳴し、冷たい冬の風が、語りかけるように頬を撫でていく。

私はハッとして、うごめく樫の木を見上げた。

抜けるように青い空、緑の芝生、病院の白い壁。

この景色、知ってる。

遠い昔、見たことがある。

――たしかに、そう感じたんだ。

担架（たんか）が用意され、桜人が病棟内に運ばれていった。

桜人を見送った女医さんが、今度は光のところにやってくる。

「彼は無事だから、心配しないでね。運よく、木の枝が君たちを守ってくれたみたい。彼が抱きしめてくれたおかげで、君は見たところケガもないし意識もはっきりしているようだけど、一応検査をするから、ついて来てくれるかな」

女医さんに促され、看護師さんに付き添われながら、光が病棟のほうに消えていく。

入院棟の中庭には、私だけが取り残された。

改めて見ると、桜人が倒れていたまわりには、無数の枝が落ちていた。

女医さんが言っていたように、真下に大きな木があったことが、幸いしたようだ。

澄んだ青空に向けて、光と桜人を助けてくれた樫の木が、優しく枝をそよがせている。

『そうだ、〝君がためゲーム〟をしよう！』

『君がためゲーム？　なんだそれ』

『古今東西ゲームみたいな感じで、相手のためにできることを、順番に言い合いっこするの』

『ふーん……』

風の音が、どこか遠いところから、無邪気な子供の声を運んできた。

光の体に別状はなかった。

だけど、鬱傾向があると診断された。

「飛び降りるつもりなんて、なかったんだ。でも、空があんまりきれいで、ぼんやりしてたら体が勝手に動いてて……」

病院に駆けつけたお母さんの前で、光はしゃくり上げながらそう言った。

涙ながらに何度も頷いて、お母さんは決して光を責めようとはしなかった。

「ごめんね、光。そばにいてあげられなくてごめんね。ずっと辛かったのにね」

悲しげなお母さんの声が、私の心を揺さぶる。

どうして光の異変に気づきながら、私は行動に移さなかったのだろう。

重い病とうまくいかない友人関係。

抱え込むには、光の心はあまりにも脆すぎた。

姉の私が、支えてやらなければいけなかったのに……。

後悔ばかりが、胸に押し寄せる。

むせび泣く光の背中をさすりながら、お母さんが顔を上げて私を見た。

「助けてくれた方は、どこの病室にいらっしゃるの？」

「近藤さんが、五階って言ってた……」

桜人は頭を強く打ったものの、検査の結果、内部に異常は見つからなかったらしい。

左側を下にして地面に落下したらしく、左手首にひびが入っていたのと、あとは枝が当たったことでできた擦り傷があちらこちらにあるだけだった。

「さっちゃん、大丈夫かな……」

光の顔が、暗く沈んでいく。

「大丈夫よ。命に別状はないって言ってたんだから」

「さっちゃんって、光のお友達の？」

お母さんが、神妙な面持ちで光に聞く。

光の話によると、さっちゃんこと桜人は、子供の頃長期間ここに入院していたらしい。

そのよしみで、今でも定期的に本を寄贈しに来ているそうだ。

入退院を繰り返している光と桜人が知り合うのは、必然だった。

名前に〝桜〟がつくため、〝さっちゃん〟と一部の看護師さんに呼ばれている桜人のことを、いつの間にか光もそう呼ぶようになった。

入院中、桜人は光の心の支えになってくれた。

友達のように、ときにはお兄さんのように。

自分と同じように入退院を繰り返しながら、今は何不自由なく高校に通っている桜人は、光の憧れだった。

お母さんと光と連れ立って、桜人の様子を見に、五階に向かう。

日当たりのいい個室のベッドに、桜人は横になっていた。

頬に貼られたガーゼが痛々しい。

「この子……」

眠っている桜人の顔を見るなり、お母さんが、どういうわけか声を震わせる。

「まさか、あのときの……」

驚いて、私は隣に立つお母さんを見た。

「知ってるの……？」

桜人が実はクラスメイトだということは、まだ話していない。

だから、お母さんが桜人を知っているはずがない。

「……一年位前だったかしら？　家に来たの」

一年前というと、私と桜人は別のクラスで、まだ話すらしたことがなかった。

言いにくそうに、お母さんが続ける。

「お金の入った封筒を出されて、必死に謝られたの。あなたたちのお父さんが亡くなったのは自分のせいだから、どうか使ってほしいって……。アルバイトで貯めたって言ってたわ。もちろん、お父さんが亡くなったのは彼のせいなんかじゃないから、断ったけど……」

驚くべき事実に、しばらくの間、私は声すら出せないでいた。

桜人はなぜ、お父さんが亡くなったのは自分のせいだと思っているのだろう?

彼は、ずっとずっと、何を抱えて生きてきたのだろう?

呆然(ぼうぜん)と立ち尽くす私の脳裏に、お父さんが亡くなった日の光景がよみがえる。


光の手を引きながら歩いた、夕日に染まる病院前のロータリー。

泣きじゃくりたい気持ちを抑えるのに、私はとにかく必死だった。

ふと視線を感じ、背後に佇む病院を見上げる。

入院棟の二階から、男の子がじっとこちらを見ていた。

彼とはたしか、入院棟の中庭で、一緒に遊んだことがある。

お父さんが亡くなる前日に、たった一度だけ。
だけどそのときの私には、彼のことを考える余裕なんてまったくなかった。
そしてそれ以降、思い出すこともなかった。
たぶん、あれは――まだ子供だった頃の桜人だ。

帰り花

桜人side

本は、俺を別の世界に連れていってくれる。

なんでも読んだ。

純文学も、ファンタジーも、絵本も、エッセイも、和歌の本も。

文字は、言葉は、とめどなく俺の思考を満たしてくれる。

すがるように、文字を追いかけた。

違う自分を探すように、言葉を探した。

──小児白血病。

その診断名がくだされてから、もう長い間入院している。

気づけば、小学校にもろくに通わないまま、十二歳になっていた。

真っ白な壁、薬品の入り混じった辛気臭い匂い、食事の時間になったら響く配膳ワゴンの音。

それが、俺の世界を形作るすべてだった。

いつまで持つかわからない弱くて脆い体は、俺をいつも不安にさせた。

行き場のない不安をぶつけるように、俺は年々わがままになった。

誰もが、病気で手のかかる俺を憐れんで、繰り返すわがままを何も言わずに聞いてくれた。

運よく移植をすることが決まり、無事に成功しても、俺の中の不安は消えなかった。

まわりの大人たちが期待のまなざしで言うように、〝普通〟になれなかったらどうしよう？

普通ってなんだ？

普通じゃないのが、俺なのに。

俺のわがままは、和らぐどころか、ますます悪化していった。

そのうち、毎日来ていたお母さんが来なくなった。

離婚したのよ、と父さんの姉である叔母さんが教えてくれた。

俺の看病に疲れきって、夫婦仲がこじれ、出ていったと。

もう二度と会うことはないだろうと。

俺の世話を任されることになった伯母さんは、憂鬱そうな顔をしていた。

たまに来る父さんも、げっそりと覇気を失っていた。

俺は自暴自棄になって、よりいっそうわがままに振る舞った。

すべては自分のせいなんだと、わかっていながら――。

ある日のことだった。

昨夜もナースコールでさんざん看護師さんを呼んで困らせた俺は、午後からの問診で、少しは外の空気を吸ったほうがいいと医者に言われた。

そして、半ば無理やり、樫の木の生い茂る中庭に連れていかれる。

外は嫌いだ。

眩しくて、頭がくらくらするからだ。

日差しから逃げるように、手にした本を眺めていた。

いつも入り浸っている、入院棟の図書室から持ち出したものだ。

――『後拾遺和歌集』。

和歌を見るのは好きだった。

詠(よ)んだ人の存在はとっくの昔に消えてるのに、想いだけが、悠久(ゆうきゅう)の時を経て残っているのがおもしろかった。

俺も、遅かれ早かれ消える運命だ。

俺は消える前に、この世にどんな想いを残せるだろう?

ページを、ゆっくりと捲る。

君がため　惜しからざりし　命さへ　長くもがなと　思ひけるかな

どういうわけか、繰り返し見てしまう和歌だった。

〝君に会うためなら死んでも構わないと思っていた。だけど今は君に会うためにいつまでも生きていたいと思う〟

詠み人の藤原義孝は、この和歌を詠んだ数年後に若くして亡くなった。

それを思うと、とても悲しい和歌のように感じる。

なのに、不思議とあたたかい。

「何を読んでるの？」

突然耳元で声が聞こえて、俺は飛び跳ねそうになった。

振り返ると、女の子が、ひょっこりと本をのぞき込んでいる。

肩までの茶色い髪の、丸い目をした女の子だった。

上目づかいで首をかしげられて、俺は慄いた。

子供は苦手だ。俺だって、まだ子供だけど……。

「……本」

そっけなく答えると、「和歌でしょ？　百人一首、したことあるよ」と女の子が無邪気に答えた。

知ってるなら聞くなよ、と俺はますますムッとした。

「私、水田真菜っていうの。入院中のお父さんが検査に行っちゃったから、暇してるんだ」

女の子は、どこまでも屈託のない笑みを浮かべる。

「お兄さんの名前は何？」

「……桜人」

「はると」と口の中で繰り返し、女の子はにこっと笑った。

「はるとは、暇なの？」

「暇といえば暇だけど……」

俺は空返事をすると、再び本に目を落とす。

面倒そうだから、早くどっかに行かないかな、と思いながら。

女の子は俺に身を寄せて、興味深そうに、本をのぞき込んできた。

「百人一首って、わけわかんなくて、暗号みたいだよね。前から思ってたんだけど、〝君がため〟って何かの技？　〝卍（まんじ）がため〟みたいな」

女の子が、〝君がため〟を指さしながら言う。

俺は、久しぶりに吹き出した。無視を決め込むつもりだったのに、こんなの反則だ。

「なんで〝卍がため〟なんか知ってるんだよ」

「お父さんがプロレス好きなの」

俺が反応したことがうれしかったのか、女の子がほがらかに笑う。

少しだけ気持ちの綻んだ俺は、『後拾遺和歌集』に視線を落とした。

「〝君がため〟っていうのは、〝君のために〟って意味だよ」

「ふうん」

女の子は急に静かになり、和歌をじっと見つめる。

柔らかな風が、彼女の髪をサラサラと撫でた。

呼応するように、頭上高くにそびえる樫の葉が、サワサワと優しい音を立てる。

――君がため。

幼い彼女なりに、その和歌に込められた強い想いを感じ取ったのかもしれない。

女の子が、何かを閃いたように、突然パッと顔を上げた。

「そうだ、〝君がためゲーム〟をしよう！」

「君がためゲーム？　なんだそれ？」

「古今東西ゲームみたいな感じで、相手のためにできることを、順番に言い合いっこするの」

「ふーん……」

暇だし、つき合ってやるか。

俺たちは、相手のためにできることを想像して、適当に言い合ってみた。
君のために、歌を歌う。
君のために、空を飛ぶ。
君のために、夢を語る。

はじめは、とにかく面倒だった。
全然おもしろくない、と何度も文句を言いそうになった。
だけど女の子は、懲りずに〝君がため〟を口にする。
負けるものかと、俺も躍起になって、〝君がため〟を考えた。
そのうち、どうしてだか、それはとてもいいやりとりのように思えてきた。
言葉にしているだけで、心がぽかぽかとあたたかくなる。
それまでは、誰かのために何かをするなんて、考えたこともなかったんだ。
自分は、自分のためにしか生きられないと思っていた。
ああそうか、と納得する。
だから藤原義孝の和歌は、悲しみの中に、あたたかみを感じるんだ。
誰かのために生きたいと思った彼は、短い生涯ながらも、きっと幸せだったから。

「真菜ーっ！　どこにいるのーっ？」

遠くから、女の子を呼ぶ女の人の声がした。

はーいと返事をして、女の子が立ち上がる。

「さようなら、行くね」

初めは鬱陶しいと感じていたのに、女の子が離れてしまうのを、そのとき俺は寂しく思った。

最後に女の子は、世界が霞んで見えるほどの、まばゆい笑顔を俺に向けた。

「はるとの言葉、よかった。また聞かせてね」

名前を呼ばれたことが、なんだか無性に照れくさかった。

彼女のその声は、樫の木の葉音とともに、いつまでも俺の心の奥に残っていた。


その日の夜、俺はなかなか興奮が収まらないでいた。

心の奥に、とてつもなく熱い何かが芽吹いていて、それをどうしたらいいかわからなかったんだ。

だから、何度もナースコールを押して、興奮をかき消すように、夜勤の看護師さんにどうでもいい話をした。

看護師さんは困り顔を見せながらも、いつものように、俺のわがままにつき合ってくれた。

翌朝。

ナースステーションが、いつになくザワザワしていた。

誰かが亡くなったらしい。

こんな経験は前にもあったから、俺はすぐにそれを察知した。

神妙な気持ちになりながら、ひとつ下の階にある自動販売機に行くため、階段に向かう。

すると人目につかない階段の踊り場で、看護師さんふたりがヒソヒソと話をしているのを耳にした。

「水田さん、術後の経過がよかったのにね。急変って、信じられないわ」

水田。

その名前に、俺は凍りついたようになった。

昨日会った女の子も、同じ苗字だったからだ。

女の子は、お父さんが入院していると言っていた。

「もう少し早く対処できたら、助かってたかもしれないのに。ナースコール、鳴らなかったのかしら？」

「わからないけど、もしかしたら、鳴ってたかもしれないわね。でもほら、昨日浜岡(おか)さんが夜勤休んで、柏木(かしわぎ)さんひとりだったでしょ？」

「そうだったの？」

「そう。それでバタバタして、聞き逃しちゃった可能性はあるわよね」

その瞬間、俺は、まるで心臓を杭で打たれたような衝撃を受けた。

昨夜、ナースコールを押すたびに、俺のもとに来てくれた看護師さんの困り顔を思い出す。

俺のせいだ。

俺がしつこくナースコールを鳴らしたせいで、真菜のお父さんのナースコールは、聞き逃されてしまったんだ。

この世のものとは思えないほどの絶望の中で、俺はひとり、打ちひしがれた。

世界が、暗幕(あんまく)を下ろしたように真っ暗になる。

昨日見た女の子の笑顔が、歪んで、黒に染まっていく。

あの子のお父さんを、俺が殺したのかもしれない——。

放心状態のまま、病室に戻る。

何も聞こえなかった。

廊下からのざわめきも、窓の向こうの樫の木のざわめきも。

すべてが泥の底に沈んだかのように、音をなくしていた。

その日の夕方、病室の窓から、泣きじゃくる弟の手を引いて病院を出るあの子を見た。

あの子は泣いていなかった。けれど、笑ってもいなかった。

小さな体は、こちらのほうが泣きたくなるほど気丈に背筋を伸ばしていた。

罪悪感が俺を蝕み、逃れようがないほどがんじがらめにする。

――『はるとの言葉、よかった。また聞かせてね』

繰り返し、あの子を思った。

絵でも描けと、父さんが買ってきたスケッチブックに、懺悔のように言葉を綴った。

あの子が聞きたいと言った俺の言葉を、来る日も来る日も書き続けた。

自分のわがままが、人の命を奪ったかもしれない――その事実は、俺を変えた。

見違えるほどいい子になった俺を、まわりの大人は疑問に思うことなく、喜んで受け入れた。

長引いた入院のせいで、就学猶予が認められ、一年遅れで中学に入学した。

そこでも俺は、優等生を演じた。

恐かったんだ。自分のせいで、また誰かを傷つけるのが。

誰にも迷惑をかけず、人の役に立つ。

そうすることで、過去の罪を晴らそうと、俺は必死だった。

だけど思いがけず、高校で彼女に再会した。

成長した彼女は、笑顔を失っていた。

輝くようだったその存在感も、ひっそりとなりを潜めていた。

入学して間もなくの頃、定期検診の際、病院で弟につき添う彼女を見かけた。

彼女の弟は、重症喘息で入退院を繰り返していた。何度か顔を見たことがある子だった。

お母さんは、毎日仕事に追われているようだ。

彼女は弟の世話に必死で、学校では、自分を偽るのに必死だった。

まわりの様子をうかがうように、自分を押し殺し、苦しげに生きている。

そんな様子を見て、胸をえぐられたようになった。

──彼女から笑顔を奪ったのは俺だ。

俺は、優等生であることをやめた。

誰かのために生きる必要なんてない。

君のために、君だけのために、この先は生きよう。

──あの日の、言葉遊びのように。

君が困っていたら手を差し伸べ、前を向けるように背中を押す。

君が失ったもののすべてを補う、光になりたかった。

だけど、親しくなってはいけない。
俺は、彼女に慕われていい人間ではないからだ。
そう思って、心とは裏腹に、冷たい態度をとり続けた。
なのに――。
君はいつの間にか、俺の心の奥の、自分でも動かすことのできない場所にいた。
もっと笑顔が見たい。
手を繋いでいたい。
ぎゅっと抱きしめて、いつまでも寄り添いたい。
そう強く感じたとき、気づいた。
――これは、恋だ。

俺は、自分の罪を君に知られることが、今まで以上に怖くなった。
だから臆病な俺は、君を失望させる前に、自分から離れる道を選択したんだ。

春近し

桜人にお母さんはいなくて、お父さんとふたり暮らしらしい。

だけどお父さんは県外に出張中で、病院に来るのに時間がかかるとのことだった。

実は桜人とはクラスメイトなのだと言うと、お母さんと光は驚いた顔をした。

そして、しばらく桜人につき添いたいと伝えると、お母さんは何かを察したように許してくれた。

桜人のベッドの脇に、そっと腰かける。

赤みを帯びた夕方の光が、彼の端正な横顔を照らしていた。

今になって、ようやく思い出した。

私は子供の頃に、桜人と一度だけ会っている。

お父さんが亡くなる前日のことで、混乱とともに、その思い出は記憶の彼方(かなた)に追いやられていた。

私はその日、光の幼稚園行事でバタバタしていたお母さんより先に、お父さんの面会に来ていた。

だけど今から検査だからと病室を追い出され、途方に暮れて、病院内をさ迷い歩いていた。

風にそよぐ樫の木、青々とした芝生、病院の白い壁。

大人びた目をした男の子は、入院棟の中庭で本を読んでいた。

当時、この入院棟には子供が少なく、同じ年頃の子を見つけてうれしくなったのを覚えている。

思えば、あの頃から桜人は文学少年だった。

たしか、和歌の話をした。

それから、何かの言葉遊びをした。

桜人の紡ぐ言葉が耳に心地よかったのを、おぼろげに覚えている。

そのとき、どんな言葉を交わし合ったのかまでは、忘れてしまったけど——。

ノックの音がして、思い出の世界から現実に引き戻される。

入ってきたのは、近藤さんだった。

茶色のダウンジャケットに黒のズボン。

普段着に着替えているということは、仕事はもう終わったのだろう。

「真菜ちゃん？」

驚いている近藤さんに、ぺこりと頭を下げる。

「こんなところで、どうしたの？」

「彼、実はクラスメイトなんです。だから、心配で……」

「あら、そうだったのね。なんだかお互い意識してるみたいだったから、もしかして知り合い？とは思ったけど」

小さく笑いながら、近藤さんが私の隣に腰かける。

そんな彼女に、ためらいながらも聞いてみた。

「桜人は……光の支えになってくれてたんですか？」

近藤さんは、穏やかな目で桜人を見つめながら頷いた。

「そうよ。光くんが入院してるときは、よく病室に会いに来てね、話し相手になってたわ。彼も子供の頃、長い間入院していたから、光くんの気持ちがわかったんじゃないかしら。中学にも、一年遅れで入ってるしね」

「……そうだったんですね」

桜人が一歳年上なのは、子供の頃、入院していたからだった。

桜人は悩んでばかりの私の背中をいつも押してくれた。

ときには厳しい言葉をかけ、辛いときは何も言わずに寄り添ってくれた。

友達の大切さを教えてくれた。

文字を紡ぐことの尊さも教えてくれた。

そうやって、私の世界を広げてくれた。

それだけじゃない。

桜人は、光のことも守ってくれていたんだ。

光を助けるために、ためらうことなく、窓から身を乗り出すほど懸命に。

それに、バイトをしてたのだって……。

「あの……」

お母さんの話を聞いてから、ずっと心に引っかかっていることがあった。

長くこの病棟に勤めている近藤さんなら、真相を知っているかもしれない。

「桜人は、どうして、私のお父さんが亡くなったのは自分のせいだと思ってるんでしょうか？」

「桜人くんが、そんなことを……？」

私は、黙って深く頷いた。

愕然と、眠る桜人を見つめる近藤さん。

「いったい、どうして……」

戸惑ったように、近藤さんが話し出す。

「もちろん、桜人くんにはなんの責任もないわ。あなたのお父さんの容態悪化は急なことで、手のほどこしようがなかった。桜人くんは離れた病室にいたし、桜人くんのせいであるわけがない」

「じゃあ、桜人は何か勘違いしてるんですか？」

「ええ、きっとそう」

桜人の勘違いの原因は、当時働いていた近藤さんにもわからないらしい。

眠る桜人を見つめ、近藤さんは悔いるように言葉をこぼした。

「長い間、とても辛い思いをさせていたのね……」

近藤さんの悲しげな声が、心の奥に重く響く。

桜人が抱えていたものがあまりにも大きくて、胸が押しつぶされそうになる。

桜人は、ずっと苦しんでいた。

自分が、私のお父さんの命を奪ったかもしれないって。

そんな苦しみに気づくこともなく、私は彼の優しさにのうのうと甘えて、日々を過ごしていたんだ。

「ごめん、桜人……」

眠っている彼の掌に、そっと触れる。

私の手をすっぽり包み込めるくらい大きな彼の掌は、今は力なくシーツの上に投げ出されているだけだった。

「何も知らなくて、ごめん……」

少しずつ日が落ちていく病室で、そんな私を、近藤さんは何も言わずに見守ってくれていた。

日がすっかり沈み、窓の向こうが暗くなった頃、桜人のお父さんが現れた。

五十歳くらいの、スーツ姿の背の高い男の人だった。

「桜人……」

桜人のお父さんは、ベッドに横たわる桜人を目にするなり、入り口で呆然と立ち尽くす。

「眠っているだけですので、大丈夫です。先ほど申し上げましたように、明日には退院できますので、ご安心ください」

一緒に来た看護師さんがそう説明すると、桜人のお父さんは、いくらかホッとした表情を見せた。

それから、棒立ちになっている私に顔を向ける。

「君は……？」

「桜人くんと同じクラスの、水田です」

慌てて頭を下げると、桜人のお父さんも、戸惑い気味に軽く会釈をした。

「クラスメイトにまで、もう事故のことが伝わっているのか？」

困惑している声だった。

私は意を決すると、さらに深々と頭を下げる。

「違うんです。桜人くんは、私の弟をかばって窓から転落したんです。本当にごめんなさい……」

どうしようもなく、声が震えた。

すると桜人のお父さんは、「そうか、君の弟さんが……」と呟く。

ここに来るまでに、どうして桜人が転落したかは、聞いているようだ。

「君の弟さんは、入院しているんだろう?」

「はい……」

「そうか」

桜人のお父さんは、それだけ答えると、眠っている桜人を切なげに見やった。

それから、「立っているのもしんどいだろう? 座りなさい」と私にイスをすすめてくる。

「すみません……」

桜人のお父さんがイスに腰を下ろしたのを見て、恐縮しながらも腰かける。

一緒に来た看護師さんは、いつの間にか姿を消していた。

長い沈黙が訪れる。

桜人からは、寝息ひとつ聞こえない。

白い布団のかかったお腹のあたりが、わずかに上下しているだけだ。

廊下から聞こえる誰かの足音が、やけに耳に響いた。

桜人のお父さんは、神妙な面持ちで、眠る桜人をひたすら見つめていた。

皺の刻まれたその顔を見ていると、私なんかでは入り込めない、深い葛藤を感じる。

「桜人も子供の頃、ずっとここに入院してたてね。思うように暮らせないせいか、ひどくわがままな性格になってしまった」

やがて、桜人のお父さんが物憂げに言葉をこぼした。

「夫婦仲がよくなかったこともあって、私も妻も、この子から逃げることばかり考えていた。今思えば、桜人のわがままは、寂しさの表れだったんだろうな。そのうち桜人は、毎日のようにここの図書室に入り浸るようになった。本だけが、桜人の心の支えだったんだろう。本当は、親が支えてあげなければいけなかったのに……」

桜人のお父さんが、ためらいがちに桜人の顔へと手を伸ばす。

微かに、ほんの微かに、指先が桜人の前髪に触れた。

「この子の部屋には、おびただしい量のスケッチブックがあるんだ。だけど、この子は絵を描くわけじゃない。言葉をひたすら書くんだよ。ときには詩を、ときには文章を」

絞り出すように、桜人のお父さんが言った。

「病気が治ってから、桜人は別人のように出来のいい子になったが、心の中では孤独を抱えたままだったんだろう。子供の頃と同じように、本が、文字を書くことだけが、この子の支えなんだと思う。だから、同じような孤独を抱えている弟さんの気持ちが、手に取るように分かって、放っておけなかったんだろう」

そう言うと、桜人のお父さんは私を見て、安心させるように優しい笑みを浮かべてくれた。

目元に、どことなく桜人の面影を感じる。

「この子が望んでしたことだ。だからもう気に病まないでほしい」

面会時間が過ぎたと告げられ、私は桜人のお父さんに挨拶を済ませて、病院をあとにした。

お医者さんはすぐに目覚めると言っていたけど、時間がかかりすぎている。

不安に苛(さいな)まれながら、真っ暗なロータリー沿いの道を歩んだ。

十二月の夜は、凍えるほど寒い。

吹きすさぶ夜風が、路上の塵(ちり)を舞い上がらせ、どこかに運んでいく。

バス停に向かう途中、煌々と明かりを灯している、デニスカフェが目に入った。

もちろん、今日そこに桜人はいない。

教室にいるときからは考えられない気さくな笑顔で、いつも懸命に働いていた桜人。

桜人のお父さんの言葉を思い出す。

――『本が、文字を書くことだけが、この子の支えなんだと思う』

見上げると、空には星が無数にきらめいていた。

吐息が白く染まり、星空へと昇っていく。

その情景をぼんやり目で追っているうちに、桜人が紡いだ文字が、突如流星のように頭の中に降り注いだ。

僕の世界は、澱んで、濁っている
どんなにもがいても、この手は君に届かない
だから僕は、君のために影になる
光となり風となる
僕が涙を流すのは、君のためだけ
僕のすべては、君のためだけ
深い海の底に沈んだこの世界で、僕は今日も君だけを想う
深く胸を打たれた、去年の文集。

ああ、と泣きたくなった。
あれはきっと、私に向けた桜人の心の叫びだ。
だから、あんなにも真っすぐ、私の心に響いたんだ。
ゆっくりと、冬の夜の街を歩きながら、記憶の海を辿っていく。

君のために
僕のすべてを言葉にして贈ろう
悲しい夏暮れも
切ない夕月夜も
寂しい冬の夜も
君がひとりで泣かないように

ああ、そうだ。
あれもきっと、私への、桜人の切実な想いだ。
彼の紡ぐ言葉は、私をいつも、見えないところから守ってくれた。
巡りゆく四季の中、絶えずあたたかく。
誰にも気づかれないように、そっと――。

「君のために……」

夜の闇に向けて、ぽつんと呟く。

胸が熱くて、どうしようもなく震えて、すぐにでもまた桜人に会いたかった。

路上に転がる塵のようにちっぽけな私を、こんなにも大事にしてくれた君に、私は

何ができるだろう？

翌日は土曜日で、学校が休みだった。

病院の面会時間が始まったらすぐに行けるよう、朝早く家を出る。

冬真っ盛りの空は、今日も澄んだ水色だ。

入院棟のロビーでエレベーター待ちをしていると、近藤さんと出くわした。

「桜人くん、昨日の夜中に目を覚ましたわよ。光くんが会いたいって言ったから、今朝病室まで連れていったの。光くん、何度も謝って、二度とあんなことはしないって桜人くんに誓っていたわ」

「……そうなんですね。本当に、いろいろとありがとうございます」

私は、近藤さんに深々と頭を下げた。

よかった、桜人は目を覚ましたんだ。

光は昨日、自分のせいで桜人を傷つけたことを、ひどく後悔していた。

逃げてばかりいるのはもうやめる、と言っていた。

病気にも、自分を守ってくれない友達にも立ち向かうって。

懸命に自分を理解してくれた桜人の姿が、それを教えてくれたって。

私は、今まで以上に光の支えになろうと思っている。

桜人が、身を挺して光を救ってくれたように――。

「真菜ちゃんも、桜人くんのところに、早く行ってあげて。光くんの容態は安定してるから、心配ないわ」

「わかりました」

急いで、五階にある桜人の病室に向かう。

ドアをノックすれば「はい」と中から声が返ってきた。

窓から燦々と光が降り注ぐ中、頬にガーゼを当てた状態で、彼はベッドに座って本を読んでいた。

近藤さんが言っていたように、見たところは異常がなさそうで、ホッと胸を撫で下ろす。

顔を上げた桜人は、私を見るなり、気まずそうにうつむいた。

まるで捨てられた仔犬のような、頼りなげな姿だ。

彼の心の不安が伝わってきて、胸がぎゅっとなる。

私はベッドから数歩離れて立つと、「体調は、どう？」と声をかけた。

「……大丈夫」

そっけなく、桜人が答える。

視線は、かたくなに本に落とされていた。

沈み込みそうなほど重い空気が、彼のすべてから放たれている。

「……近藤さんから聞いたよ。子供の頃、ここに入院してたんだってね。それに、子供の頃に中庭で桜人と会ったこと、少し思い出したの」

ぽつりと言うと、そこでようやく桜人は私に視線を向けた。

いつ見てもきれいなアーモンド型の瞳には、あからさまな動揺が浮かんでいる。

「光とも、私の知らないところで、仲良くしてくれてたんだね」

桜人は、答える代わりに、唇を引き結んで私から視線を逸らした。

出会ったとき以上に、激しく拒絶されている。

だけど私はゆっくり歩み寄り、彼のすぐ近くで足を止めた。

「光を助けてくれて、ありがとう」

すると、桜人が苦しげに私を見た。

「……やめろよ。悪いのは、光に、もう今までみたいに相手してやれないって言った俺なんだ。俺があんなことを言わなかったら、光は混乱なんかしなかったはずだ。また自分のことしか考えてなくて、まわりを傷つけた」

唇を噛む彼。

「ずっと、光を支えてくれてたんだね」

「そんなんじゃない」

「光だけじゃなくて、私のことも……」

「だから、そんなんじゃないから」

声を荒らげたあとで、桜人は心が軋むほど悲しげな目で、私を見た。

唇がわずかに開かれ、そして閉ざされる。

微かに震えている口元を見ているだけで、彼があの日のことを言いあぐねているのが、痛いほどに伝わってきた。

「俺は、真菜や光のそばにいていい人間じゃないんだ……」

長い間、自分を戒めてきた彼の心はかたくなだった。

「それなのに、これ以上そばにいたら、いつかお互い傷つく日が来る。それが怖くて、距離を置いたんだ……」

桜人が、好きだ。

だから、彼の心に寄り添えないことが、こんなにも辛い。

強くなりたいと心から思った。

本当は弱くて脆いこの人を、守ってあげたい。

──彼が、私にそうしてくれたように。

「桜人が、好き」

気づけば、自然と想いを吐き出していた。

彼の瞳が、見たこともないほど激しく揺らいだ。

そのまま目を見開いて固まっている桜人に、そっと微笑みかける。

「桜人が自分をどう思おうと、私は桜人の全部が好き。だから、そばにいたい」

彼が、泣きそうに顔を歪めた。

「やめろよ……。俺のせいで……真菜のお父さんは亡くなったのに……」

今にも消えてしまいそうな声。

「あの夜、俺がしつこくナースコールを押したせいで、真菜のお父さんからのナースコールに、看護師さんが気づかなかったんだ。俺があんなことをしなければ、真菜のお父さんは助かっていたかもしれない。俺は、真菜たちを支えてなんかいない。それどころか、幸せを奪ったんだよ」

桜人はますますうつむき、肩を震わせる。

「ごめん、真菜。ごめん……。つらい思いをさせてごめん……」

空気が震えるほど、悲痛な声だった。

桜人の勘違いの理由を、私はなんとなく理解する。

桜人は優しすぎるせいで、お父さんの死を、自分のせいだと思い込んでしまった。

彼には、なんの罪もないのに。

本当はこんなにも傷つきやすい心を持っていたのに、それを見せずに、ずっと私を支えてくれていたんだね。

「違うよ、桜人」

震える彼の頭に、そっと手を伸ばす。

初めて触れるモカ色の髪は、柔らかくて触り心地がよかった。

「お父さんが亡くなったのは、桜人のせいじゃない。桜人は優しいから、そう思い込んでるだけ」

「違う……」

私の言葉など耳に入れないとでもいうように、桜人がかぶりを振る。

「お願い、桜人。私を見て」

はっきりと伝えると、桜人は、ようやく私を見た。

悲しみに満ちあふれた瞳を、私はしっかり見つめ返す。

もう二度と、彼をひとりにしないように。

「桜人を恨んでなんかいない。だからお願いだから、もっと自分を大事にして。大事にしてくれないと、悲しい……」

言ったとたんに、なんの前ぶれもなく、目から涙がこぼれ落ちた。

涙で視界がにじんで、桜人の顔がぼやける。

「桜人がずっと苦しんできたことも、私のためにたくさんの言葉を書いてくれたことも知ってる。そんな優しい桜人が、不器用な桜人が、私は好き。弱いところも含めて、全部が好き……」

どうやったらこの気持ちが、あふれるこの想いが、彼に届くのだろう？

自分のつたない表現力が、もどかしくて憎い。

ぐちゃぐちゃな思考のまま、振り絞るように言葉を探した。

「だから――」

だけど、それ以上、言葉は出てこなかった。

伸びてきた腕に、強く抱きしめられたからだ。

押しつけられた胸板の向こうで、彼の心臓が、ドクドクと鼓動を刻んでいる。

突然のことに驚いて、涙がすうっと引いていった。

桜人の腕の中は、あたたかかった。

震える息が、耳元で「泣かないで」と囁きかけてくる。

「お願いだから、泣かないで。真菜の泣いてる顔は、もう見たくないんだ……」

懇願（こんがん）するような声。

彼のぬくもりにこの上ないほどの安堵感を覚えながら、私も涙声で言う。

「……じゃあ、もう自分を責めないで」

桜人は、何も答えなかった。

その代わり、私を抱く腕に、ぎゅっと力を込める。

「うん……」

声が返ってきたのは、気が遠くなるほど長い間、抱きしめられたあとだった。

私は桜人の胸の中で目を見開き、顔を上げる。

私を見下ろす桜人の眼差しは、まるで陽だまりのように、穏やかだった。

彼がまとっていた重苦しい空気が、日の光に溶けたかのように、いつの間にか和らいでいる。

私はうれしくなって、泣きながら笑った。

すると桜人も、同じように笑って、ためらいがちに顔を近づけてくる。

初めてのキスは、消毒液の匂いがした。

ほんの少しだけ気恥ずかしい空気が流れたあとで、桜人がまた私をぎゅっと抱きしめる。

壊れ物を扱うように、優しく、強く。

私は心のままに、彼のぬくもりに身をゆだね、抱きしめ返した。

もう、絶対に離したりはしない。

朝の光に照らされた病室の窓が、無数の宝石をちりばめたみたいに、キラキラと輝いて見える。


今度は私が、君のための光になりたい。


翌日、桜人は退院した。

そして翌週の土曜日に、光の退院も決まる。

その日、光を迎えに行くために、私はお母さんと一緒に朝早く家を出た。

お世話になった看護師さんへの挨拶を済ませ、支払いを終えてから、家族三人揃って入院棟を出る。

すると、エントランスの柱に寄りかかるようにして、桜人が立っていた。

フードつきのグレーのコートに、黒の細めのズボン。

私服の桜人は、相変わらず背が高くて大人っぽい。

病院から出てきた若い看護師さん三人組が、そんな桜人にチラチラ視線を送りながら通りすぎていく。

「さっちゃん！」

桜人に気づいた光が、顔を輝かせながら駆け寄った。

光の頭をわしゃわしゃと撫でながら、「光、退院おめでとう」と桜人は笑った。

「もう、無茶するなよ」

「わかってるよ。また、遊んでくれるんでしょ？」

「おう。いつでも遊んでやる」

桜人の返事を聞くなり、光は花開くような笑顔を見せた。

本当に桜人が好きなんだなあと、姉として軽いジェラシーを感じてしまう。

すると、桜人とばっちり目が合った。

桜人が気まずそうに、自分のこめかみあたりを指先でかく。

「光。ちょっとだけ、お姉さん借りていい？」

「いいよ！」

それから桜人は、お母さんに向かってぺこりと頭を下げる。

お母さんは、「ふふ」と少女じみた笑い方をした。

「私と光は先に帰ってるから、ゆっくりしていきなさい」

そう言い残すなり、光を連れて、そそくさと大通りのほうに向かうお母さん。

なんだか、すごく恥ずかしい空気だった。

退院してからというもの、桜人とは毎朝一緒に登校していた。

帰りも一緒にバスに乗ってK大付属病院前で降り、桜人はバイト、私は光の面会に行く日々を過ごしている。

そんな状態だから、私たちがつき合っているという噂は、あっという間に周囲に広まっていた。

夏樹にも美織にも杏にも、そのことをさんざん冷やかされている。

「ちょっと来て」

桜人はいきなり私の手を握ると、どこかに向かいはじめた。

歩きながら桜人の掌がそっと動いて、指に指を絡められる。

今までにない触れ方に、距離が近くなったことを感じて、胸が熱くなった。

桜人が私を連れてきたのは、樫の大木が根をはびこらせている、あの中庭だった。

水色の空には霧のような雲が浮かんでいて、枯れ枝が、風に煽られサワサワと音を立てている。

「いい天気だね」

空を見上げ、清々しい冬の空気を肺いっぱいに吸い込む。

「うん……」と、桜人は心ここにあらずの様子だ。

「で、なんの用事？」

桜人の顔を下からのぞき込むと、彼はみるみる赤くなる。

いつになく挙動不審な桜人が不思議で、きょとんとしていると、両肩に手をのせられた。

急なことに、ビクッと肩がすくむ。

「好きだ」

真剣な目をして、桜人が言った。

あまりの不意打ちに、私はうろたえる。

「どうしたの？　急に」

「まだ言ってなかったから、ちゃんと言っておきたかったんだ。俺も、真菜が好きだ」

一言一句大事そうに言われると、彼の想いに偽りがないことが、強く伝わってくる。

「だから、俺と付き合ってほしい」

「……うん。わかった」

答えたあとで、ありえないほどの熱が顔に集まるのを感じ、どうしたらいいのかわからなくなった。

だけどその迷いは、唇に突然降ってきた柔らかな感触に打ち消される。

二度目のキスは、冷えた冬の匂いがした。

触れるだけのキスのあとで、ぬくもりを求めるように、桜人がおでこをひっつけてくる。

私たちは、そのまま離れることができずに、おでこ同士をくっつけたまま、どちらからともなく笑い合った。

そのとき、埋もれていた記憶があふれ出るように、あの日のことが頭によみがえったんだ。

「そうだ。あのとき、〝君がためゲーム〟をしたんだった……」

いかにも子供の遊びらしい、思いつきの言葉遊び。

遠い日の、まるで幻のような思い出だ。

「今、思い出したのか？」

桜人が不服そうに言う。

「俺は、ずっと覚えてたんだけど」

大きな掌が、お仕置きとばかりに、くしゃりと私の頭を撫でる。

それから、私の特別な人になった君は、抜けるように青い寒空の下で、まるで子供みたいに無邪気に笑った。

――君がためゲーム。

相手のためにできることを言い合うだけの、思いつきのその遊びを、君はずっとずっと、続けてくれていたんだね。

そして私のために、たくさんのことをしてくれた。

世界は、こんなにもきれいだと教えてくれた。

非常階段で見た、君の背中越しの青空。

夕暮れ色に染まる、文芸部の部室。

みんなの笑い声が溶けていった、窓の向こうの夏の空。

花火が終わったあとの、静けさに包まれた車道。

君の涙に心奪われた、朝日の降り注ぐ病室。

全部全部、君が見せてくれたんだよ。

そして何よりも君は——私に恋を教えてくれた。

人を好きになる歓び(よろこ)と、強さを教えてくれた。

この先は私が、悲しいくらいに優しい君を支えるから。

エピローグ

君が閃いた、とりとめのない遊びがあった。

ルールは簡単。

相手のためにできることを、順番に、ひたすら言い合いっこすればいい。


君のために、歌を歌う。

君のために、空を飛ぶ。

君のために、夢を語る。


ただ、それの繰り返し。

本当にできることでも、そうでなくてもいい。

だけどずっと自分のことだけを考えて生きてきた俺には、それはこの世の何よりも尊い遊びのように思えた。


病院の真っ白な壁に、青々と生い茂る芝生、大きく育った樫の木のさざめき。

そして、白い光に包まれた、君の笑顔。

知らなかった。

言葉は、こんなにも力を持っている。

君がこうやって笑ってくれるなら、俺はまた、新たな言葉を紡ぐことができるだろう。

長い暗闇の日々を超え、君をこの胸に強く抱きしめたあの日、澱んだ俺の世界は光を取り戻した。

俺は君が思っているよりもずっと、弱くて頼りない。

この世界に足をつけているのが不思議なくらい不安定な生き物だなんて、誰も知らないだろう。

でも、君はそれでいいと言ってくれた。

それでいいのだと、今では自分でも思えている。

君が、好きだ。

悩んで、笑って。苦しんで、また明るくなって。

いろんな表情を見せて、ときに思いがけないほど強くなれる君が好きだ。

たぶん君が思っているよりもずっと、好きだと思う。

俺はもう、二度と君の手を離さないから。

君のために、この先もずっと、あの言葉遊びを続けていこう。

おわり

書き下ろし番外編

恋ぞつもりて

大学に入ってすぐ、図書館でバイトを始めた。

高校時代は文芸部だったし、今は文学部の私。

だから最適なバイト先だと思ったけど、実際は想像と少し違った。

図書館バイトは、思った以上の力仕事だった。

返却された重い本を、繰り返し棚に戻すのは、なかなか体力がいる。

そのうえ私は身長が低いから、踏み台を使っても、高い位置に本を戻すのはけっこう大変。

それでも大学二年になり、バイトを始めて一年がたった今では、職員さんやバイト仲間がいい人ばかりなのもあって、すっかり馴染んでいる。

その日、午前中の大学の講義が終わってからバイトに行くと、図書館司書の松井さんが、入口に模造紙を貼っていた。

松井さんは四十代半ばの、ショートカットで背が高い、気さくな女の人だ。

中学生の娘さんがいるお母さんらしい。

「松井さん、お疲れ様です。今月の企画ですか？」

「真菜ちゃん、お疲れ様。そう、今月は、百人一首の恋の歌の人気投票をするの。ほら、春は出会いの季節だから、若い子も興味持つかなと思ってね」

「へえ、素敵ですね」

模造紙には、松井さんが厳選したらしい恋の和歌が、十首ほど書き連ねられていた。自分が推したい和歌の投票欄にシールを貼って、集計結果でランキングを決めるらしい。

松井さんは、若い人の図書館離れを懸念していて、毎月のように若い人をターゲットにした企画に勤しんでいる。

「真菜ちゃん、投票第一号になってくれる？　こういうのって、誰かが貼ってないと、貼りにくいものでしょ？」

「いいですよ、投票します」

はい、とシールを手渡される。

学校の先生が持っているような、蛍光ピンクの丸いシールだった。

模造紙を見上げた私の目に、いきなりあの和歌が飛び込んでくる。

君がため　惜しからざりし　命さへ　長くもがなと　思ひけるかな

桜人との思い出の和歌だ。

うれしくなって、私は迷わずシールを貼ろうとした。

だけどせっかく松井さんが書いてくれたのだからと、とりあえずほかの和歌にも目を通す。

そして、とある和歌とその注釈に、目を奪われた。


筑波嶺(つくばね)の　峰より落つる　男女川(みなのがわ)　恋(こひ)ぞつもりて　淵(ふち)となりぬる

〈筑波山の頂から麓へと流れる男女川が、少しずつ水かさを増して深まっていくように、私のあなたへの恋心も、今ではこんなに深くなってしまった〉


前からこの和歌については何となく知ってたけど、気になったことはなかった。

そもそも私は、桜人ほど和歌に興味がない。

大学でも、専攻は英米文学だ。

だけど、今はこの和歌にすごく惹きつけられた。

幸せでどうしようもない恋心を連想させる雰囲気が、胸に染みる。

「うーん、どうしよう。迷います……」

「ひとつに決められない？　じゃあ、二枚貼っちゃえ」

松井さんが、冗談めかして言う。

「え、いいんですか？」

「うん、真菜ちゃんだけ特別」

「じゃあ、遠慮なく貼りますね」

『君がため』と『筑波嶺の』の両方に、蛍光ピンクのシールを貼った。

ちょっとズルしたような気持ちになったけど、甲乙つけがたいので仕方ない。

ピンクの丸シールが貼られたばかりの模造紙を、松井さんが満足げに眺めている。

「そうだ、結果が出たら図書館便りに乗せるから、真菜ちゃんにまた記事お願いしていい？　おばさんになると、若者に寄せた文章が書けないのよ」

松井さんが、懇願するように言う。

以前、松井さんに頼まれて、図書館便りに本の紹介記事を書いたことがある。するとその本に、若い人からの予約が殺到したらしく、それ以来松井さんは私の文章力を過大評価するようになった。

たまたまだとは思うけど、それでもうれしい。

文章で人を動かしたいという、高校時代に漠然と抱いた夢を、私はそれなりに叶えているのかもしれない。

「いいですよ、任せてください」

「ほんと？　助かる～」

松井さんが、ホッとしたように言った。


午後五時。

図書館の閉館とともに、私のバイトも終わる。

松井さんに挨拶を済ませ、最寄りの駅まで歩いた。

電車に乗って向かった先は、桜人の今のバイト先だった。

桜人は、私とは違う大学の文学部に通っている。

ちなみに桜人の大学は、地元の難関大学だ。

そんなに本腰入れて受験勉強しているふうでもなかったのに、あっさり合格した彼の頭脳がうらめしい。

黒い壁に木目調の扉の、スタイリッシュな外観のカフェにたどりつく。

柔らかな橙色の照明が灯る店内は、黒いソファーとイームズチェア、それから木目調のテーブルが並ぶモダンな雰囲気だ。

オープンしてまだ二ヶ月なので、何もかもが新しい。

「真菜ちゃん、いらっしゃい」

出迎えてくれたのは、顎髭がダンディーな店長だった。

桜人の前のバイト先のカフェで、店長をしていた男の人だ。

あのときは雇われ店長だったけど、自分の店を持つことになり、バイトしないかと桜人をスカウトしたらしい。

大学の近くだったのもあって、桜人は快諾し、オープン当初から働いている。

窓際の席に通された。

「小瀬川くんに声かけてくるから、ちょっと待っててくれる?」

「あ、声かけなくても平気です。桜人にも、わざわざ来なくていいって言っておいてください」

桜人は今、お客さんのオーダーをとっている最中だった。

スラリと高い背に、モカ色の髪、アーモンド形の瞳の整った顔立ち。

今ではすっかり見慣れた彼だけど、黒いシャツにダークブラウンのカフェエプロンをつけた姿は、遠目に見ると知らない男の人のように思えてドキリとする。

「そう? それはそれで、小瀬川くんが気の毒な気もするけど。真菜ちゃんがそう言うなら仕方ないな。とりあえず、何か飲む?」

「アイスレモンティーでお願いします」

大学が異なる私たちは、お互いバイトが忙しいのもあって、高校時代ほど会えていない。だから時間が空いたらお互いのバイト先に行くのが、暗黙のルールになっていた。

一緒にいるわけではなく、同じ空間を共有しているだけのこの時間が、私はけっこう好きだったりする。

バッグからパソコンを出し、レポートに取りかかる。

アイスレモンティーをちびちび飲みながら画面とにらめっこしていると、「真菜」という声がした。

桜人だった。

来なくていいって言ったのに。

「お疲れ。それ、レポート？」

「うん。あさって提出なの。もうちょっとで終わりそう」

ほかのお客さんには愛想笑いを浮かべる桜人だけど、私の前では素の顔になる。

そんな彼の変化には特別感があって、ちょっと誇らしい。

「そっか、がんばれよ」

「うん、がんばる」

入り口の扉が開いた。

新規のお客さんが来たようだ。

桜人はちらりとそちらを見てから早口で言った。

「今日は七時で上がりだから、待っててくれないか？」

「え？　あ、うん。わかった、待ってるね」

桜人はいつも閉店まで働いているから、七時上がりなんて珍しい。

私の返事をしっかり聞いてから、桜人が速足で入口に向かう。

「いらっしゃいませ、何名ですか？」と、すぐに爽やかな笑顔で、お客さんを出迎えていた。

七時過ぎ。

私は店の外で桜人を待っていた。

あたりはすっかり日が落ち、店舗看板が灯りはじめている。

通りすがりの三毛猫の首筋を撫でていると、桜人が店から出てきた。

「ごめん、待った？」

桜人は、白のTシャツに、黒のジャケットをさらりと羽織っていた。

もうすぐ二十一歳になる彼は、大人っぽい恰好がますます似合っている。

童顔の私には不釣り合いなんじゃないかと、ときどき不安になるほどに。

「お疲れさま。ううん、だいじょうぶ。そんなに待ってないよ」

そう言って微笑むと、桜人はちらりと私を見て、すぐに逸らした。

「少し、歩かないか？　この先にある川沿いの桜がきれいだって、店長が言ってたんだ」

「そうなの？　行ってみたい」

「桜、散ってないといいけど」

「先週末、夏樹とお花見したときは、まだわりと咲いてたよ。ぎりぎりいけるんじゃない？」

空に三日月の浮かぶ夜の街を、私たちは並んで歩きはじめた。

隣に彼の気配を感じると、いるべき場所に戻れた気分になって、ホッと落ち着く。

ガヤガヤと騒がしい男の人の集団が通りかかると、桜人はまるでかばうように私の一歩前に進み出た。

そんな、わかりにくいようでわかりやすい気づかいが、彼らしくて胸がきゅんとする。

「ニャア」

二匹の猫が、私たちの横を通り過ぎていった。

前が三毛猫で、後ろが白猫だ。

「あ、さっきの猫。後ろにいるの、彼女かな？」

「後ろの猫、オスじゃね？」

「じゃあ彼氏？」

そんな他愛ない話をとめどなく続けしながら、桜人と春の香りがする夜の歩道を歩いた。

あっという間に、目的の場所にたどりつく。

等間隔にライトが灯る欄干の向こうに、夜の川が流れている。

桜は見頃を過ぎていたけど、まだ充分残っていた。

青みがかったライトに照らされた桜は、どこか幻想的で、とても美しい。

「よかった、まだ散ってなかったな」

「ほんと。昼もいいけど、夜もきれいだね」

「俺、夜桜って初めて見たかも」

桜人が、茶色の目を細めながら、わずかに花をつけた枝葉を見上げる。

桜人という名前は、桜の花にちなんでつけられたらしい。

高二の頃、彼の名前を初めて知ったとき、桜の季節に生まれたのかな、と漠然と思った。本当にそうだったことを知ったのは、つき合ってすぐの頃だった。

四月生まれの桜人の誕生日は来週だ。

プレゼントは松井さんがおすすめしてくれた和歌の本で、もう買ってラッピングまでしてある。

もちろん、桜人にはまだ秘密だけど。

桜人とつき合って、二年が過ぎた。

彼の誕生日を祝うのは、これで三回目だ。

桜人といると、まったりゆったりと、あたたかな時間が流れていく。

私たちの交際は、たぶん順調なんだと思う。

だけど人前では一定の距離感があるせいか、高三の頃、後輩たちはつき合っていることに気づかなかったらしい。

ふと、高校最後の文化祭のことを思い出した。


三年になって、桜人は文芸部の部長になった。

その年、文芸部に信じられないことが起こった。

新入部員が七人も入ったのだ。

夏樹が二年の冬で引退し、川島部長も卒業して、またしても廃部の危機を迎えていた文芸部にとって、奇跡としか言いようのない出来事だった。

突然大所帯になった文芸部を、桜人は持ち前のリーダーシップを発揮して見事にまとめた。

そして迎えた文化祭。

その年の文芸部の文集に掲載された桜人の作品は、和歌だった。

部室で仕上がった文集を目にしたたとき、私は呼吸が止まりそうになった。

五・七・五・七・七。

字余りも字足らずもなく、テンポよく綴られた文字の中に、〝真菜〟という言葉を見つけたからだ。

〝真菜〟とはいわゆる菜っ葉のことで、それはみずみずしい春の情景を詠んだ和歌だった。

だけど案の定、勘ぐった一年の男子が桜人をからかいだす。

『小瀬川部長、水田先輩のこと好きなんですか？』

『好きだよ。彼女なんだから』

その子にしてみれば、冗談のつもりだったのだろう。

だけど桜人が当たり前のように認めたから、しばらくの間部室が水を打ったように静まり返った。

やがて、上を下への大騒ぎになる。

『ええっ、先輩方、付き合ってたんですか⁉』

『いつから⁉　ぜんぜんわからなかった！　言ってくださいよ～！』

『ていうか彼女の名前を和歌に⁉　萌える……！』

そこで彼は初めて、自分がとんでもない失態を犯してしまったことに気づいたらしい。

真っ赤になると、逃げるように部室を出ていってしまったものだから、残された私が質問攻めにあったのは言うまでもない。

あのときのことはちょっとだけ恨んでるけど、うれしくもあった。

〝真菜〟という言葉をわざわざ用いたその和歌が、私へのメッセージだと気づいたから。彼はいつも、私のために、大事に文字を紡いでくれる。

言葉足らずだけど、文字にはありったけの想いをこめる。

そんな彼独特の愛情表現は、年を追うごとに私を虜にして、ときどきズルいと思う。

「髪、伸びたな」

過去に思いを馳せていると、桜人の声がした。

目線を上げると、彼が優しい目で私を見ている。

とたんにドクンと胸が鳴って、やっぱり桜人はズルいと思った。

「伸ばしてるの」

去年の春から伸ばし始めた髪は、今はもう肩甲骨の下あたりまである。

桜人に釣り合うよう、少しでも大人っぽく見せたくて伸ばしてる――というのは恥ずかしくて言えなかった。

桜の花びらを乗せた夜風が、私の伸びた髪をサラリと揺らす。

舞い上がった桜が、音もなく川に落ちていった。

水面には桜の花びらがたくさん浮かんでいて、吹き溜まりみたいになっている。

くしゅっと、小さなくしゃみが出た。

「寒い？」

「少し。花粉症もあるけど」

「ふうん。ほら」

おもむろに桜人に手を取られ、彼のジャケットのポケットに導かれる。

冷えた掌に、熱いぬくもりが触れた。

「……使い捨てカイロ？」

「うん。これ持ってたら安心するんだ」

四月になってもカイロ使ってる人、初めて見た。

どうやら桜人は、寒がりらしい。

彼のことをひとつ、またひとつと知るたびに、想いがつのっていく。

こんな気持ち、桜人も分かってくれるだろうか。

「ふふ、あったかい」

彼のポケットの中で、カイロをぎゅっと握りしめながら笑っていると、ちらりと視線を感じた。

静かなのに、たしかなぬくもりを帯びた視線は、彼といるときよく感じる。

ポケットの中でカイロを握る私の手を、桜人の手が上からそっと包み込んだ。

「筑波嶺の　峰より落つる　男女川　恋ぞつもりて　淵となりぬる」

桜人がぽつりと呟いた。

昼に、意味を知ったばかりの和歌だった。

「この和歌、最近すごい共感できるって思うんだ。和歌にあんまり興味ない真菜には、何言ってるかわからないと思うけど」

〈筑波山の頂から麓へと流れる男女川が、少しずつ水かさを増して深まっていくように、私のあなたへの恋心も、今ではこんなに深くなってしまった〉

ごめん、桜人。

その和歌の意味、昼に知ったばかり。

恥ずかしいけど、すごくうれしい。

だって私も、桜人と同じことを思ったから。

「それがね、今、図書館で百人一首の企画やってて。その和歌の意味、知ったばかりなんだ」

悪戯っぽく言うと、え、というように桜人が固まる。

桜人は恥ずかしそうに顔を赤らめると「ふうん、そう」と言ったきり押し黙ってしまった。

なんとなくの沈黙が続く。

だけどポケットの中の手は、優しく握られたままだった。

その間も桜の花びらは私たちの周囲を舞い、水面にできた吹き溜まりに落ちて重なっていく。

「そうだ、桜人。今日時間ある？」

「あるけど、なんで？」

「夜ご飯食べにうち来ない？　朝、キーマカレー多めに作ってきたの」

「まじ？　じゃあ、行こうかな」

桜人が弾むように言った。

桜人はキーマカレーが好きだ。温泉卵を乗せたやつが、特に好きらしい。

それを知ったのは、いつ頃だったっけ。

いつになく子供っぽい彼の笑顔を微笑ましく思っていると、ふと目が合った。

スッと真顔になった桜人が、ポケットの中の私の手を、強く握りしめてくる。

「真菜」

甘く呼びかけられ、自然と顔を傾ける。

風の囁き合いのような、優しい口づけ。

この世の何よりも私の胸を昂らせ、同時に安らぎもくれる、特別な感触。

恋ぞつもりて、淵となりぬる――心に、またその文字が浮かんだ。

君と一年、そしてまた一年。

月日を重ねるたびにきっと、心に響く和歌も変わっていくのだろう。

「桜人来たら、光も喜ぶよ。さっちゃんとまたゲームしたいって言ってたから」

「そっか、じゃあするか。光、けっこう強いんだよな。俺いつも負けてる」

「さっちゃんを負かすのが楽しいって言ってたよ」

「あいつ、性格悪くなったな」

桜人の小さな笑い声に共鳴するように、サアッと夜風が吹き荒れた。

いつか嗅いだような夜の匂いがする。

ひとりで泣いていた私も、悩み苦しんでいた君も、かつてこの風の中にいた。

そして幸せな今の私たちも、この風の中にいる。

この先もずっと、深まる川のように、君への想いは形を変え、膨らんでいくのだろう。

　そんな未来が待ち遠しい。

　私たちの行く先を導くように、風に吹かれたひとひらの桜の花びらが、月の輝く夜空にふわりと昇っていった。

おわり

あとがき

最後までお読みくださり、ありがとうございました。

この本は、二〇二〇年十一月に発売された単行本を、文庫化していただいたものになります。文庫化するにあたり、表現を一部改め、番外編を書き下ろしました。

三年の間に、単行本を読まれた読者さまから、何度かお手紙をいただきました。このお話がそのように皆さまの心に響いたことを、心からうれしく思います。

執筆のお話をいただいたときは、しばらく青春恋愛小説を書いていなかったので、ちゃんと書けるか不安でした。せっかくなので自分が純粋に好きなことを書こうと思い、子供の頃から好きだった百人一首を題材に決めました。

君がため　惜しからざりし　命さへ　長くもがなと　思ひけるかな

作中で取り上げたこの和歌を初めて耳にしたときはまだ子供でしたので、意味はよく分からなかったのですが、『君がため』と『命』という言葉の重みが、深く心に残ったのを覚えています。

大人になるにつれ、遠い昔を生きた歌人が詠んだ恋情が、意味すら分かっていない子供の心を打ったのはすごいことだと思うようになりました。そういった言葉が持つ魅力と尊さを、自分なりに、この小説で表現したつもりです。

今回書き下ろした番外編に出てきた和歌も、百人一首から引用しています。

筑波嶺の　峰より落つる　男女川　恋ぞつもりて　淵となりぬる

この和歌を詠んだ陽成院は、高貴な人でありながら、素行が悪かったという記録が残っています。そんな問題児の彼に、このうえないほどロマンチックな和歌を詠ませた恋とはいったいどんなものだったのか、想像が膨らんでわくわくします。

真菜と桜人のその後のストーリーにも、ぴったり当てはまってくれました。

最後に、文庫化の機会をくださったスターツ出版の皆さまと、この本を読んでくださった読者の皆さまに、心よりお礼を申し上げます。

皆さまの心に、この本の言葉が、何かしらの形でとどまってくれたなら幸いです。

二〇二三年　八月二十八日　ユニモン

この物語はフィクションです。実在の人物、団体等とは一切関係がありません。

本作は二〇二〇年十一月に小社・単行本『君がひとりで泣いた夜を、僕は全部抱きしめる。』として刊行された作品に、一部加筆・修正したものです。

ユニモン先生へのファンレターのあて先
〒104-0031　東京都中央区京橋1-3-1　八重洲口大栄ビル7F
スターツ出版(株) 書籍編集部 気付
ユニモン先生

君がひとりで泣いた夜を、僕は全部抱きしめる。

2023年8月28日　初版第1刷発行
2024年3月22日　　　第2刷発行

著　者　　ユニモン　©Yunimon 2023

発行人　　菊地修一
デザイン　カバー　北國ヤヨイ（ucai）
　　　　　フォーマット　西村弘美
D T P　　久保田祐子
発行所　　スターツ出版株式会社
　　　　　〒104-0031
　　　　　東京都中央区京橋1-3-1　八重洲口大栄ビル7F
　　　　　出版マーケティンググループ　TEL 03-6202-0386
　　　　　（ご注文等に関するお問い合わせ）
　　　　　URL　https://starts-pub.jp/
印刷所　　大日本印刷株式会社

Printed in Japan

ISBN　978-4-8137-1470-5　C0193